ハヤカワ文庫 JA
〈JA879〉

沈黙のフライバイ

野尻抱介

早 川 書 房
6021

目次

沈黙のフライバイ

沈黙のフライバイ

早期探知衛星がそれを捉えたとき、人類の準備は整っていた。三十二億ドルの巨費を投じた五機の衛星は軌道上にあり、世界中の地上局をネットワークした追跡管制網は二十四時間体制で運用を継続している。

だが計画主任の野嶋孝司《のじまたかし》は家族を連れて帰省中だった。

瑞城弥生《みずきやよい》は筑波宇宙センターで残業していた。

弥生はその通報を、まず冷静に受け止めた。探知衛星は年に一、二度アラートを出す。それらはすべて遠方の彗星を検出して警戒レベル２【低速ながら『赤い小人』の可能性あり】と判断したものだった。内惑星帯に達するのは何年も先だし、数日のうちにスペースガード観測網が追認するので、そこで一件落着となるのが常だった。

だが今回は違う。警戒レベル５【『赤い小人』と断定。緊急の対応を要す】だ。

目標は光速の十三パーセントという恐ろしいスピードを保ったまま、すでに太陽系内に進入していた。減速の兆しはない。もし逆噴射でもしてくれていたら、シリウスのように輝いて、もっと遠いうちに発見できたのだが。

弥生は携帯電話を開いた。頭に血が昇っていて、深夜であることなど気がまわらなかった。

「もしもし、野嶋さん、いまどこですか!?」

『愛媛の実家だが、どうした？　技術試験衛星《ETS》が故障でもしたか』

「来たんです！　あと三十分で木星軌道半径を横切ります！　コンマ一三Cです。地球まで五時間しかありませんよ！」

弥生は泣き声だった。

『あわてるな。演習どおりコマンド送出の準備にかかれ。ボタンは君が押すんだ』

「でっ、でも、あれは野嶋さんがしないと！」

『誰がやっても同じだ。子供だろうが年寄りだろうが、日本人だろうがイタリア人だろうが、地球人なら誰でもかまわん。だが君がそこにいるなら君だ』

「わ、わかりました！」

弥生は管制センター《NASCOM》に駆け込んだ。当直の二人に事情を説明し、衛星捕捉にかからせる。NASAの追跡管制網への接続もまかせる。

弥生はMFH衛星の手順書をひっぱり出してページを繰った。

メッセージ《M》・フロム《F》・ザ・ヒューマン《H》計画。その最終フェイズ。

「NASCOM接続オーケーです」

当直の一人が告げた。

「瑞城さん、これって本番ですか？」

「本番、レベル5です。ええと、まず衛星をウォームアップしなきゃ。ええと、ええと、ああそうだ、専用パネルがあるんだ」

手近な端末でMFHオペレーション・システムを立ち上げる。

落ち着け。画面の指示どおりにやればいいんだ。なにも難しくないんだ。

【最終フェイズ】のボタンをクリック。パスワード入力。

ウォームアップ実行。クリック。送出完了。

「テレメトリ、入ってますか」

「良好です。そっちでも自動解析してくれますよ」

ああそうだ、そうだった。【テレメトリ解析】をクリック。【セルフチェック】と【ウォームアップ】にチェック。さらに【条件成立でブザーを鳴らす】にチェック。

ウォームアップを待つ間、通報を受けたマスコミと警察から問い合わせが入りはじめた。対応は当直にまかせる。

やがて、端末がブザーを鳴らした。

「いよいよですね」

「うん、いよいよ」

弥生はかすれた声で言った。無性に缶コーヒーが飲みたかった。あれはもう小惑星帯にさしかかっている。

弥生はもういちど電話した。

「野嶋さん、準備できました。いまから展開します」

『わかった。外で見てる』

「いまチャイルドが可視圏です。それじゃ……やります」

『ああ』

ポインタを【MFH展開】に重ねる。クリック。

【MFHを展開してよろしいですか】

YESをクリック。

【本当にMFHを展開してよろしいですか】

YESをクリック。

カチリ。

七年前の記憶がフラッシュした。

ACT・1

決して本流にはならなかったが、その頃でも地球外文明探査《ＳＥＴＩ》は天文学の一分野として認められていた。

もし地球外文明が存在したら、我々と同じことを考えるだろう。

我々は地球外文明と交信したがっている。相手もそうにちがいない。

ならば高感度のアンテナを宇宙に向けてみよう。彼らのメッセージが受信できるかもしれないではないか。

――そんな考えをもとに、ＳＥＴＩは一九六〇年代から行なわれてきた。

成果は皆無だった。多くの天文学者は、貴重な電波天文台をこんな報われない観測に使いたがらなかった。

迫害されたＳＥＴＩ研究者たちは人工衛星の追跡管制網に目をつけた。

感度は劣るが、これは本質的に電波天文台と変わらない。受信機部分にアダプターを付加することでＳＥＴＩに転用できるはずだった。

「遊んでいるアンテナがあったら、ＳＥＴＩに使わせてくれないか」

国際天文学連合《IAU》を通して、そんな要請が宇宙航空研究開発機構《JAXA》にも入った。遊んでいる設備があると思われちゃ困る、という反対意見もあったが、手軽な国際協力になるということで、この願いは聞き届けられた。

ＪＡＸＡは主として実用本位の人工衛星やロケットを開発・運用する機関だから、地球外文明の探索などというファンタスティックな業務は前例がなかった。とりあえず数人の職員をやりくりしてＳＥＴＩ班にあてて格好をつけた。

入所まもない弥生は、雑用のひとつとしてＳＥＴＩ班の事務をまかされた。勝浦や臼田のパラボラアンテナが空いている時、割り当てられた天空の領域にアンテナを向ける。そのスケジュールを作り、受信データを整理してＩＡＵに報告する。業務規模のわりにマスコミからの問い合わせが多いので、広報文書も作成する。

野嶋と出会ったのは、そんな仕事の最中だった。彼は人工衛星の開発が本業だったが、なぜかＳＥＴＩ班にも顔を出していた。

「器用貧乏ってやつだな」

そう言って野嶋は、片手間に作ったという小さな基板を差し出した。

「勝浦に行く時、これを持ってってくれ。接続はむこうでやってくれる」

「はい。これ、なんですか？」

「天然の宇宙電波から人工的な信号を選《よ》り分ける並列プロセッサだ。あそこの古い機械じゃ負担になりすぎるっていうんで、専用ハードを組んでみた。こっちのほうが百倍速い」

「へえ」

こんな小さなものが。

そういえば、野嶋の作るものでポケットに入らないものはない、と聞いたことがある。小型軽量化の名人だという。

弥生は言った。

「……見つかるといいですよね。エイリアン」

立ち去りかけた野嶋が、急にUターンした。

「君、こういうの興味あるか?」

「ええまあ」

うかつにも、弥生はそう答えた。異星人のことをあれこれ考えるのは子供の頃から好きだった。

「SETIもいいが、待ってるだけじゃつまんなくないか」

「え?」

「こっちから出かけてって、地球外文明を探したくないかってことだ」

「そんなこと、できるんですか」

「できるさ」

そして弥生は《恒星間飛行研究会》なるグループに引きずり込まれたのだった。

野嶋の主宰するアフター5の集まり、つまり同好会だった。

恒星間飛行はSETIに輪をかけてファンタスティックな試みだから、さしあたってJAXAの守備範囲ではない。

野嶋はそんな現状に飽き足らなかった。メンバーを募っては勤務時間外に会議室に集まり、デリバリーのピザをつまみながらあれこれ検討していた。興が乗るとつくば駅ビルの居酒屋になだれ込んで二次会をやったりもする。

その春、研究会はひとつのテーマを掲げた。きっかけは野嶋が酒の席で聞いた、予算関係の管理職の放言だった。

「野嶋さん、ものすごく斬新な研究のアイデアを出せば、俺が五十億くらいの予算は分捕ってきてやるよ」

五十億円といえば多いようだが、インテルサットの十分の一だ。ハッブル宇宙望遠鏡なら二千四百億。恒星間飛行となれば、五十兆円は欲しい。

しかし、野嶋はその気になった。

「よし、五十億で恒星間探査をやるぞ」

そう号令した。

本気かと訊くと「本気だよ?」と、けろっとした顔で答える。

弥生にはどこまで本気か確信が持てなかったが、その言葉を信じる限り、野嶋は概念研究で終えるつもりはないようだった。明日にも実機を打ち上げ、生きているうちによその星系を探査する気でいる。

恒星間探査には技術の壁、時間の壁、費用の壁がある。それまではもっぱら技術の壁に挑んでいたが、これでまんべんなく手を出す格好になった。

打ち上げはH-ⅡAロケットを使う。無人探査機を使い、光速の十五パーセントまで加速してαケンタウリに三十五年で到着する。そこで星系の画像データを少なくとも一枚、地球に送信する。

恒星間探査機としては決して欲張った仕様ではない。というよりミニマムの目標だ。だが恒星間飛行とは、最初のハードルが途方もなく高い。

いろんな案が現れては消えた。最初はわくわくしながら議論に加わっていた弥生も、しだいに用心深くなった。

やはり恒星間飛行は、現代においては夢物語なのだ。要求速度は惑星探査機の約千倍。到達速度を上げようとすると雪だるま式に重量が増えてゆく化学ロケットではとても実現できそうにない。

そしてあの日――

ミーティングは野嶋と弥生の二人しかいなかった。その頃はもう、メンバーは漸減傾向だった。

いつもどおりピザを注文すると、野嶋はめげる様子もなく開会を宣言した。

「では恒星間飛行研究会、第五十八回ミーティングを始めよう。サーモン・エッグ計画の骨子がまとまったのでここに発表する」

サーモン・エッグ計画？

コピーの束を渡された。弥生はまず、アブストラクトに目を通した。


重さ一グラム、切手サイズの探査機を百万個作ってαケンタウリに送ろう――


まさか。

「あの、一グラムってありますけど」

「ミスタイプじゃない。一グラムだ」

四方に小さなソーラーセイルを張り出し、その角度を変えることで光圧による姿勢制御とわずかな移動能力を持つ。ほかに推進機関はない。

　これを機関銃のようにαケンタウリに向けて発射する。目標が近づけば太陽電池が働き、極小の画像センサーで星系内を撮影して太陽系に送信する。

　一個の探査機の成功率は低い。だが百万個のうち、千にひとつが所期の働きをすればいい。鮭の卵が孵化《ふか》して成魚になるようなものだ。

「……それでサーモン・エッグってわけですか」

「どうだ。いけそうな気がするだろ」

「でも、肝心の問題が棚上げじゃないですか。どうやって光速の十五パーセントまで加速するんですか？」

「超大型のマスドライバーでも作るさ」

「それじゃルール違反じゃないですか」

「本体は五十億でいけるんだ。今回は探査機を極限まで軽くすることを考えた。速度が千倍足りないなら質量を百万分の一にする。そういうアプローチを示すことに意義がある」

「はあ……」

　斬新だけど——本体だって五十億ですむかどうか。弥生はあら探しを続けた。

「太陽系に画像を送信するって、こんなちっちゃな探査機でどうするんです」

「一機の送信電力は弱いが、探査機相互で連携プレーして巨大なフェイズド・アレイ・アンテナを構築するんだ」

「つまりだな、空間にひろがった探査機がうまくタイミングを揃えて送信すれば、全体で一個のパラボラアンテナになったように働くんだ。出力が弱くてもアンテナが大きければ数光年先まで届く。もちろん受信側にも大規模なアンテナを置くがね」

「わかりました。もう一点質問」

「なんだい」

「これ、通信機とマイクロチップだけじゃ自分の位置がわかんないじゃないですか。自動分光計なんて重いもの積めないし。こんなんじゃ軌道修正もできないし、意味のある写真だって撮れないですよ」

「痛いところを突いてきたな、瑞城君」

「でしょう?」

恒星間探査機のナビゲーションは一筋縄ではいかない。周囲の星の視差から位置を割り出そうにも正確な三次元の星図がない。恒星スペクトルの偏移から自分の運動を知るには重くて複雑な分光装置がいる。運動から位置を求めるには数十年におよぶ飛行中、常に装置を作動させていなければならないし、誤差も累積する。

「だがなんとかなりそうな気がしてるんだ」

野嶋は言った。

「ふぇいずど……?」

「なんとかって、どんなふうに？」

「これからまとめる」

「はぁ……」

これからっていつですか——という言葉をのみこみ、かわりに弥生はピザをつまんだ。

まあ、こんなもんか。

もとよりこのサークル活動に多くを望んではいない。要素技術とはいえ、突飛なアイデアが出てくるのは頭のリフレッシュになるから、それを楽しめばいい。

弥生はその程度に考えていた。

わずか四日後、答えが空から降ってくるとは、思いもよらなかった。

ACT・2

午後の早い時間、そろそろコーヒーブレイクでも入れようかという頃合いだった。

弥生はパソコンにかじりついてメーカー向けの文書を作成していた。宇宙開発の仕事はどうもやたらに文書作成の仕事が多い。NASAのプロジェクト管理手法を取り入れて、何があっても文書をたどるだけで問題解決できるようにしたというのだが、そのせいで文書作りに体力の大半を割《さ》かれる問題は解決しそうになかった。

画面の片隅にメール着信のサインが点滅した。

弥生はマウスを操作して、メールボックスを開いた。

IAUサーキュラ。国際天文学連合の回報だ。

なに……？

これって、つまり、あれか？

弥生は両手で縁なし眼鏡の位置を直して、もう一度読んだ。

待て。落ち着け。懐疑的になれ。

しかしどう読んでも、そうとしか思えない。

弥生はメールをプリントすると、小走りに部屋を出た。

野嶋は検査棟のクリーンルームで衛星と向き合っていた。弥生は内側のガラス扉を叩いて注意をうながした。

「後にしてくれ」と言いたげだったが、弥生の必死の形相を見るとこちらにやってきた。

エアカーテンを通り、白い作業服のフードを脱ぎ、マスクをはずす。

「どうした。H‐ⅡAロケットが爆発でもしたか」

「それどころじゃないんです。ゆ、有意信号が入ったって！　IAUサーキュラに！」

「有意信号？　SETIの話か？」

プリントアウトを差し出すと、野嶋はそれをひったくり、壁際のスツールに腰をおろして読み始めた。

《天球の一点より、有意なデジタル信号》

ケンブリッジの電波天文台は十八日午前四時より、赤経二十三時三十九分二十七秒、赤緯四十三度五十五分二秒の位置に著しくコヒーレントな電波信号を捉えた。これは明らかに有意で、人工的な電波信号とみられる。

信号は二値情報を含み、発信源が可視圏にある間は終始受信できた。

信号フォーマットは十二個の二進数で一ブロックをなし、それが一定間隔で循環している。

十二個のうち、二番目の数字はブロックごとに規則増加している。

伝送速度は毎秒約三ビット。一ブロックの送信に四分半かかる。

電波は異なる周波数で同時に四チャンネル送信されている。フォーマットは同じだがデータは異なる。

各チャンネルの周波数は（1）一三四・〇一GHz、（2）一三八・一一GHz、（3）一四六・三二GHz、（4）一五一・七九GHz。

以下に各チャンネルのデータを十六進表記したものを示す。

……

野嶋は「ほう」とうなずいたり、首を傾《かし》げたりしながら紙をめくった。終わりまで行ったかと思えば最初のページを読み返したりする。

「あの、これって異星人の電波を受信したってことですよね!?」

弥生はしびれを切らして尋ねた。

野嶋は顔を上げずに言った。

「遠くで同じこと考えたやつがいたか」

「は？」

野嶋はまたプリントアウトに目を落とした。

「ドップラーシフトの振幅はいくつだ……？」

自問のようでもあり、弥生に訊いているようでもある。

「地球の自転・公転成分なら除いてあると思うんですけど？」

「受信側じゃない、発信源のシフトの変動が知りたい。誤差扱いしてるようだが」

「あの野嶋さん、これが何かわかってるんですか？」

「見慣れた数字ばかりじゃないか。この四つの周波数だが、水素メーザーの共鳴周波数の整数倍だろ。数パーセントのずれがあるが、これは相手と太陽系の固有運動によるドップラーシフトだろう」

野嶋はポケットから電卓を取り出して検算した。

「九十八対百一対百七対百十一だな。互いに素な整数倍になってる」

水素メーザーということは――

「ええと、つまりこれの送信機は原子時計が入ってるってことですか」

「そう。こいつは時計が正確でなきゃだめなんだ」

「……？」

「十二個の数字だが、最初の数字はフレームヘッダ、最後の数字はパリティビットだよな、普通」

「それはまあ。じゃ本体は？」

「最初の数字は毎回ひとつ増えてるから時刻だ。あとは軌道六要素＋摂動係数だろう。変化の小さい数字は軌道半径と軌道周期と軌道傾斜、変化しながら循環するのは位相角だ」

野嶋は数字の表を示した。

「四チャンネルのうち、二組ずつの軌道要素は共通点が多い。これをA、Bの二グループに分けよう。グループ内の軌道要素で大きく違うのはこの数字――軌道傾斜だろう。ひとつは極軌道、もうひとつは赤道軌道をとっているにちがいない」

「……」

　弥生はぽかんと口を開けたまま、野嶋の説明に聞き入った。

「異なる二つの惑星に各々二つの人工衛星を配置して、軌道要素と時刻信号を送信している。完璧だ。そう、これがこの前の君の質問への答えだ」

「質問て、どの質問ですか?」

「探査機が自分の位置を知るための電波の灯台。これはＩＰＳ——恒星間測位システムの信号だ」

「恒星間測位システム……じゃあ、それが地球に向かって送信してるってことは」

「彼らの探査機がこちらに向かってるんだ」

ACT・3

　多くの映画や小説、そして陰謀論者の妄想と異なり、この情報は最初から白日のもとにさらされていた。

　グリーンバンク、ニューメキシコ、エフェルスブルグ、野辺山、大徳、ケンブリッジ——北半球の電波天文台はこぞってテレスコープ・タイムを供出し、観測が補強された。

誤認の可能性は真っ先に検証された。地上局や航空機、人工衛星からの電波ではないのか？　あるいは月や他の惑星に反射して返ってきた、地球起源の電波ではないか。だが幾日にもわたって、発信源は恒星空間の一点にとどまっていた。地上から見ればそれは北天にあり、アンドロメダ座とともに天球を移動していた。

有名なアンドロメダ銀河とは関係がない。そこにはロス248という目立たない赤色矮星（red dwarf）があった。肉眼では決して見えない暗い星だが、地球からの距離はわずかに十・三光年しかない。

天文学者は眉をひそめたが、マスコミはこの電波の送り主を「赤い小人」と呼んだ。その呼称はたちまち不動のものになったので、学術論文にも顔を出すようになった。

その赤色矮星には、少なくとも二つの惑星があるはずだった。アメリカの天文学者はこの二つをトーリン、ドワーリンと命名した。どちらもトールキンの有名なファンタジー小説に登場するドワーフ族の名前だった。これもたちまち市民権を得た。

二十四時間途切れることのない観測からデータが集約され、誤差が絞り込まれた。そして野嶋の予言どおり、そこには周期的に増減するドップラーシフトが認められた。

ドップラーシフトは「救急車のサイレン」効果として知られている。

救急車がこちらに向かってくる時はサイレンのピッチが高くなる。遠ざかるときは低くなる。つまりピッチの変化から、音源の移動の様子がわかる。

もし音源が円運動をしていたらどうだろうか。ドップラーシフトが最大になるのは、音源が接線方向に動くときだ。このとき、もし音源の位置がわかっていれば、接線方向もわかる。

さらに音が自分に届くまでの時間を測れば、音源からの距離もわかる。

つまり、音源の位置と方向と距離がわかれば、自分の位置が割り出せる。

ドップラーシフトは音だけでなく、電波でも起きる。軌道を周回する人工衛星から電波を送れば、それは回転する音源と同じ働きをする。電波にその人工衛星の軌道要素を乗せれば、それが発信源の位置を示す。

これが野嶋の考案したIPS、恒星間測位システムの原理だった。

たとえ十光年――百兆キロ離れていても、電波を受信しさえすればドップラーシフトは検出できる。

距離を知るためには探査機側にも正確な原子時計が必要だ。これは一機一グラムのマイクロ探査機には重すぎて積めない。だが異なる位置から複数の電波信号を送り、その差を比較すれば、時計が不正確でも誤差を補正できる。

GPS端末がそうだった。カーナビに原子時計は入っていない。異なる四機のGPS衛星の電波を比較参照するだけですませている。

同じ理由で赤い小人の電波灯台も四つある。トーリンとドワーリン、すなわち地球と海王星のように離れた二つの惑星に各二機のIPS衛星を配置すれば、数光年の距離をへだてた探査機もきわめて正確に自分の位置を知ることができるのだった。

分析を手早くまとめてIAUに報告すると、NOJIMA TAKASHIの名は新たなIAUサーキュラに載って全世界を駆けめぐった。

いつも森閑として、液体窒素を積んだタンクローリーが出入りするばかりの筑波宇宙センターに、報道陣が押し寄せた。第一報を野嶋に知らせたエピソードが知られると、弥生までカメラの前にひっぱりだされた。

マスコミ対応がすむと、広報部との打ち合わせもある。もう仕事どころではなかった。そして一週間後——二人は理事長からじきじきに、野辺山宇宙電波観測所への出向を命じられたのだった。

「ほとぼりが冷めるまで疎開してろってことだな。君まで巻き込んじまってすまんね」

休憩所で缶コーヒーをすすりながら、野嶋は詫びた。

「あ、私はいいんです。それに天文の人たちが衛星屋さんの知恵を借りたがってるって、ほんとだと思いますし」

「まあＩＰＳのデザインがあそこまで一致しちゃなあ」

「ですよねえ……」

弥生は手の中で缶コーヒーをもてあそびながら言った。

「赤い小人って、なんか技術レベル、地球人と変わんないみたいで」

「実際に探査機を飛ばしたとなると、向こうが五十年か百年先を行ってるよ」

「でもなんか、当てが外れたみたいな」

声に溜め息がまじる。

「子供の頃からあこがれてた異星人って、もっとこう、神様みたいだったんですよ。赤い小人ってそういう神秘的なとこが全然ないんですもん」

「測位システムだけで決めちゃいかんな。赤色矮星系の知的生命なんて想像を絶するものがあるぞ」

「でも遊びっていうか、無駄がぜんぜんないじゃないですか」

「恒星間飛行が大事業なのは宇宙共通の真理だよ。ヤマトやスタートレックのようにはいかない。極限まで合理的にせざるを得ないんだ」

「でもメッセージくらいあってもいいのに」

弥生は食い下がった。

「ボイジャーやパイオニア探査機は、みんな異星人向けのメッセージを積んでますよね。

うなのに」
赤い小人だって、あの電波に地球人向けのメッセージを乗せるぐらいしてくれてもよさそうなのに」

「ふむ。それはそうだが……」

野嶋は少し考えた。

「そういうメッセージも信号に重畳《ちょうじょう》しているのかもしれん。周波数拡散や偏波変調でね。あるいは第五、第六のチャンネルがあるのか」

「野辺山でそのへんを調べるわけですね」

「そういうことだ」

ACT.4

改札を出ると、弥生は身震いしてコートのボタンをかけた。

「うーっ、さむさむ！」

ふりむくと、駅舎のむこうに八ヶ岳の雪渓がそびえていた。眩しさに目を細める。

あの反射率なら、火星からでも見えるかな――などと思う。

トイレに寄っていた野嶋が、白い息を吐きながら現れた。

「空気がちがうな、さすがに」

「タクシー、そこに待ってますね」

「歩こう。ほら、アンテナはそこだ」

駅前の通りに出ると、口径四十五メートルのパラボラアンテナはすぐそばに見えていた。

「あ、ほんとだ。大きい」

野嶋は登山をするので、なにかというと歩きたがった。弥生は素直に従ったが、霜がおりた道路は歩きにくく、野辺山宇宙電波観測所の敷地は思ったより広かった。歩けば暖まるだろうと思ったが、体はどんどん冷えてゆく。

正門を通り、干渉望遠鏡のレールにそってさらに歩いた。小型の移動式パラボラアンテナがレールの上に並んだところは、街路樹のようだった。

研究棟の玄関に塩澤が出迎えていた。

「筑波の野嶋さん？　おめでとう。また予言的中だよ！」

握手しながら、若い副所長は快活に言った。

「グループAのドップラーシフトね、長周期成分が確定したから」

「周期は」

「十六日弱」

野嶋は一瞬硬直し、

「ぴったりハビタブル・ゾーンか！」

「そう！」

二人は廊下を早足でどんどん歩いてゆく。弥生は小走りに後を追った。

暖かい研究室に入ると、たちまち眼鏡がくもった。弥生と野嶋は二人並んで眼鏡を拭いた。

視覚が戻ったところへ、塩澤がプロットを突きつける。楕円が描かれ、その内外を実測値がつかず離れずつきまとっている。

「いい精度ですね」

「楽勝で2σ」

「あの、話が見えないんですけど」

「つまりだな——IPS衛星は惑星のまわりをまわってるんだが、その惑星も赤色矮星のまわりをまわってるだろ？」

野嶋が説明した。

「その惑星にとって一年周期のドップラーシフトが重畳しているはずだ。これでトーリンの一年は十六地球日だとわかった」

「ずいぶん短いですね。……あっそうか、赤色矮星だから惑星もずっと近いとこまわってるんだ」

「というより、地球並みの熱を受けるゾーンが近いんだ」

「公転軌道半径九百万キロ。こっちの太陽だったら外部コロナの中だよ」

塩澤が言った。太陽直径の六倍あまりだから、まさに目と鼻の先だ。

「赤色矮星はちょくちょく表面爆発をおこすんだが、九百万キロじゃ直撃だろう。強烈な放射線をかぶるはずだ。どんな奴か知らないが、しぶとい生命だねえ」

「DNAがタフなんですかね。ヌクレオソーム構造よりもっと強力な、宇宙に出てもびくともしない保護機構があったり」

「そこで発生した生命なら、そうなるかな。野嶋さん、生物にもお詳しい？」

「いえ、ちょっと本でかじっただけです」

「赤い小人って、このトーリンに住んでるんですか」

弥生が訊くと、塩澤はうなずいた。

「この公転半径だと惑星の受ける熱量は地球とほぼ同じになる。大気密度や成分でかなりちがってくるが、生命が棲息するのにちょうどいい環境温度が期待できる。いわゆるハビタブル・ゾーンだね」

「でもこんな楕円軌道じゃ季節変化が――」

言い終わる前に、野嶋に小突かれた。

「見かけの楕円だ」

「あ」

　天文学者がフォローする。

「円軌道を斜めに見ているのか、本当の楕円なのかは運動量で区別できる。トーリンはほぼ円軌道だよ。ということは、潮汐安定でいつも同じ面を太陽に向けている可能性が高い。赤い小人たちにとって、太陽は常に空の同じ位置で輝いている。そして永遠に昼のままだ」

「天文学の発達は遅れたろうな」

　野嶋が言った。

「星が見えないんじゃ。月みたいな衛星があれば別だけど」

「大型の衛星はないよ。ＩＰＳ衛星の摂動でわかる」

「とすると赤い小人が太陽以外の星を見るには、夜の半球に出かけないとだめか。じっとしてちゃ夜は来ないんだ」

「そうそう。明暗境界線付近は薄明だし、たぶん天候も悪い。こんな惑星でも大気は赤道にそって循環するから、気温は均《なら》されるはずだが――それでも夜半球は寒いだろうな。極寒のなか、夜の更ける経度まで何千キロも旅したんだよ。探検隊を編成して、食料と燃料を用意して」

「何月何日、まだ《深夜》に達しない、なんて日誌をつける……」

「あ、でも『日』なんて単位は持たないんじゃないですか」

弥生が言った。

「日が暮れないわけだから。時間の概念ってどうなるんだろ」

「周期的に訪れるものといえば、腹時計ぐらいかね」

「だが、結局彼らは水素メーザーの原子時計を作ったんだ」

野嶋が言った。

「かけっこでもすれば時間の概念は生まれるだろう。暦となると、どうなるか……」

しばらく思案していたが、憶測を重ねても仕方がないと判断したのだろう、野嶋は話を変えた。

「で、ドワーリンのほうはわかりそうですか。公転運動は」

「まだ誤差範囲だね。はっきりしないからには海王星みたいな外側の惑星なんだろう。一周するのに百年もかかるようなね」


あの単純な電波灯台の信号からいかに多くの情報が読み取れるか——翌日からも、弥生はそれを思い知ることになった。

「ジェット推進研究所《JPL》に一本取られたよ。連中これが得意だからねえ」

塩澤は悔しそうに、そして愉しげに言った。

「トーリンのIPS衛星なんだが、一周ごとに電波が途切れる現象がしばらく続いたんだ。衛星がちょうど惑星の裏を通ったんだな。春分・秋分の頃の静止衛星が地球の影に入るみたいにね」

「JPLは掩蔽《えんぺい》観測をしたか」

「そうそう」

首を傾げる弥生を見て、塩澤はかみくだいた説明をする。

「電波が途切れる直前だが、信号に一定の遅延がある。これは電波が大気を貫通してくるせいだ。日没の太陽みたいなもんだね」

日没？……ああそうか。惑星トーリンの外側には、薄い大気の層がある。衛星が惑星の向こう側に沈むとき、最後は大気を通して見る格好になる。そこを通ってきた電波はわずかに遅延する。大気の密度や成分が遅延の度合に反映されるのだ。

「まあいろんなモデルがあてはまるわけだが、水蒸気をたっぷり含んだ、地上で二・六気圧の窒素大気が最もマッチすると連中は言ってる。掩蔽のたびに観測値は異なるんだが、これは雲のあるなしを反映している。あれほどの活発な気象現象は水の循環なくしては考えられない。もっとも、この絵はちょっと先走りかと思うがねえ」

塩澤は苦笑しながらパソコンの画面を示した。

JPLのウェブ・ページに、惑星トーリンを描いた想像図が大きく掲げられていた。主恒星の熾火《おきび》のような光に照らされて、壮大な積乱雲が渦巻いていた。その下に暗い海とやや明るい大陸がある。トーリンは地球並みの熱輻射を受けているが、多くは赤外線になる。人間の目には黄昏の世界になるのだ。

そして夜の半球には、絹糸のような光の筋が交錯していた。

高度文明を示す灯火だ。

彼らは永遠の夜が続く半球に進出して星を見上げ、そして地上に光を灯した。

「いい絵だな。僕はこういうの好きですよ」

野嶋もしばらく画面に見入っていた。

「渦の方向は定まらず。ジェット気流もない。コリオリ力の弱い世界か……」

ＪＰＬの論文は、概算でしか求められなかった惑星の直径も正確に割り出していた。極半径は五九二九キロ、赤道半径は平均で五九四二キロだが、昼側と夜側がそれぞれ五十キロも膨らんでいる。極端に言えば、太陽に軸を向けたラグビーボールだった。

寒くて外に出るのがおっくうなので、昼休みは椅子とテーブルのほかは自販機二台と洗面台があるだけの殺風景な休憩室ですごした。

「僕らが地球の真の姿を知ったのも、人工衛星を打ち上げてからだ。初期の衛星はろくなセンサーも積んでなかったが、地上からその軌道を見守るだけでよかったんだ」

学生が買い出してきたコンビニ弁当を食べながら、野嶋は言った。

「赤い小人の電波灯台だってそうさ。探査機に対して正確に人工衛星の軌道を伝えている。それだけなのに、実に雄弁だ」

「それがメッセージがわりってわけですか。地球人への」

弥生が口をとがらせるのを見て、野嶋は箸を止めた。

「なんだい、それぱっかり気にしてるんだな、君は」

「だって気になるじゃないですか。これからおつきあいする相手がどんな性格か」

「なかなか面白い連中かもしれんぞ。信号は暗号化してもいいはずなんだが、彼らはそうしなかった。地球人に向かって『さあ解いてみろ』と言ってるような気もしないではない」

「でもいくらジオロジックな情報がわかったって、絵や言葉でしか伝えられないことってあるじゃないですか。自分の姿とか家庭とか社会のこととか、政治や宗教とか、歌や演劇があるのか、恋愛するのかって。そういうのを伝えようとしないのかって。自分がそういうことに興味ないから、地球人も知りたがってないって決め込んでるんじゃないかって」

「赤い小人が嫌いか？」

「好きになりたいんですよ」

「しかし黄色矮星人のものさしで測るのはどうかな」

野嶋は諌《いさ》めるように言った。

「僕らの太陽みたいな黄色矮星より、赤色矮星のほうがずっと多い。そして赤色矮星は宇宙と同じくらいの寿命がある。少なくともそのひとつに文明が存在するとなると、僕らのほうが変わり種かもしれない」

「老人と若者みたいな?」

「そう。簡単に結論の出る問題じゃないが、赤色矮星の赤外線に比べると僕らの太陽光のほうがエネルギーとして利用しやすい。植物の光合成とかにね。それは活発で若々しいかわり、短命な生命や文明をつくるのかもしれない」

「じゃあ赤い小人は、物静かなお爺さんみたいに思えばいいのかな?」

「たとえばの話さ。だけど、そうだとしたら——」

野嶋は言った。

「多分、老成した文明がすることはふたつしかない。知識の探求と美の創造だ。だから淡淡と知識を集めているだけかもしれない。交流や交易じゃなくてね」

弥生が期待したメッセージは、野辺山の誇る一万六千チャンネルの電波分光計をもってしても発見できなかった。既知の四チャンネルには想像の限りをつくした復調方式が試されたが、意味のある情報を取り出すことはできなかった。

そして人類は新しい知らせに飢えていた。

最初の三週間、科学は輝いて見えた。だがIPS信号から取り出せる情報が底をつくと、人々はその欠乏を補うべく「創作」に着手した。

皮肉にも、それはこの半世紀でもっとも非科学的な季節になった。

新興宗教が大増殖し、憶測を書きつらねた書籍が飛ぶように売れた。創造論者こそは静観をきめこむかと思われたが、競って赤い小人の想像図を発表して、神の遍在を唱えるのだった。彼らによれば赤い小人と地球人に差違はなく、子をもうけることすら可能だという。

「だって、TV電波とか、地球外に洩れ洩れじゃないですか。もし探査機が近くまで来てたら簡単に傍受できちゃいますよ」

厳寒の野辺山から筑波に帰る列車の中で、弥生は言った。

子供の頃から夢みてきた地球外文明。その確かな証拠をつかんで一か月。

これほどの憂鬱を味わうとは思わなかった。

「地球人ってなんて愚かなんだって思うだろうなあ……」

野嶋はノートパソコンに蓄えたテキストを読みながら生返事を繰り返していたが、バッテリー・アラームが鳴るとディスプレイを閉じた。

「なにをアンニュイしてる。これから忙しくなるぞ」

「どうしてですか」

「いま言ったじゃないか。探査機が近くまで来てたらって」

弥生は飛び上がった。

「来てるんですか⁉　近くに⁇」

「そう思うけどどね」

「でも、光速の十五パーセントだとして、七十年かかるんですよ。ロス248は去年の観測じゃ何も受信できなかったんです。電波灯台の送信開始が十年前だとしたら、あと六十年もかかるし」

「なぜそう考えるかな。赤い小人が嫌になるくらい合理主義者だってことは君も感じてるんだろ？」

「え……？」

「隣の席と話すとき、大声を出す必要があるかい。十光年離れた探査機に信号を届けようとすれば、ギガワット級の出力が必要だ。探査機が遠ざかるにつれて段階的に出力を上げるのが倹約ってもんだろ」

「あっ」

「我々がＩＰＳの電波を受信できたということは、まもなく探査機も訪れるということさ。そのタイムラグは彼我《ひが》の受信能力の差で決まる。これは理論限界からある程度絞り込める。僕の見積もりじゃゼロから十二年の間だ」

弥生は腰を浮かし、急にそわそわしはじめた。

「じゃあ、ど、どうしたらいいんですか。私たち、何かするべきじゃ」

「忙しくなると言ったろ。我々黄色矮星人はこういうとき、笛や太鼓で出迎えないと気がすまない。だがどうやって挨拶する？　いちがいには言えないが、ＩＰＳにふさわしいのはサーモン・エッグみたいな超小型・群体タイプの探査機だ。それが視覚しか持たないとしたら？」

「見える形でやるしかない……」

「そうだ。こいつは大仕事だぞ」

筑波に帰った野嶋は、その日からプロジェクトの立ち上げに奔走し始めた。そして居並ぶ諮問委員や政府高官を前に、同じことを繰り返したのだった。

「出迎えるなら準備を急ぐべきです。探査機はおそらく減速手段を持ちません。太陽系の横断は実質一日で終わりますから、すべてはその間に完了させなければ。まず探査機の到来を早期に探知すること。そして探知したらただちに《見える形》をつくる必要があります」

ACT・6

端末に【MFH展開シーケンスを完了しました】のメッセージが返ってきた。終わった。もう地上側でやることはない。

「すみません、席はずしていいですか」

「どうぞ」

当直にことわると、弥生は小走りに管制センターを出た。

屋上に駆け上がり、未明の空を見上げる。

東の空低く、光の塊が膨張してゆくところだった。すばる星を数万倍明るくしたようだ。それは完全展開を待たずに地平線に消えた。

あれがチャイルド。次はマンか。

マン、ウーマン、チャイルドと名付けられた三機のMFH衛星は、高度六千四百キロの円軌道に正三角形に配置されている。

地球から展開コマンドを受け取ると、三機はいっせいに「信号弾」と呼ばれるカプセルを射出する。そして信号弾は閃光を放ちながら、さまざまな速度で南北一万キロ、東西二千キロの空間に広がり、微小推力を使って相互の位置を保つ。そうプログラムされていた。

弥生は西の空を見た。筑波山から連なる山並みに、夏の大三角形が沈もうとしている。

やがてその稜線に、閃光が現れた。

みっつ、いつつ……たくさん。すごくたくさん！

身長一万キロの巨大な人型が、夜空を横切ってゆく。

数百の光点が、右手を上げた巨大な男性像のアウトラインを形作っていた。どんな形状にするか世界中で議論されたものだったが、結局カール・セーガンがデザインし、パイオニア探査機に積まれた図形に若干の修正を加えたものが採用されたのだった。

それは五時間にわたって輝き続けた。

マンが天空を横切った後、弥生は薄明の中でウーマンの通過を見た。チャイルドがめぐってくる頃には、もう空の明るさに負けていた。

だが、宇宙空間からはすべてが同時に見えたはずだ。赤い小人の探査機は北天から接近し、的を斜めに射貫くように太陽系を貫通してゆく。

地球を取り囲む男、女、子供の像。

曙光の中で弥生は腕時計を見た。午前五時。

もう、探査機は近日点を通過したはずだ。


撮影は絶望視されていたが、スペースガード衛星は面目を保った。地球に衝突する天体を早期発見するための高性能カメラが、見事に探査機の側方通過《フライバイ》を捉えていたのだった。

それは直径十万キロの空間に散らばった、少なくとも四百万個の粒子だった。その球状星団のミニチュアは、金星軌道の内側を光速の十三パーセントで通過していった。

最接近の後は南半球の電波天文台に待望の出番がまわってきた。待ち構えていたパラボラアンテナ群は、打球を追う観客のようにいっせいにケンタウルス座に向いた。それは天球においてアンドロメダ座の対岸にあたる。いまや地球は、赤い小人の探査機群とその母星を結ぶビーム上にあるのだ。

最初に信号を捉えたのはオーストラリアのパークス天文台だった。探査機群は毎秒二百万ビットというレートでデータを送信していた。チャンネルは二百五十五あり、「あとひとつはどこだ?」という謎は最後まで答えが出なかった。

圧縮されたデータの展開は思いのほか容易だった。ひとたび展開してしまえば、それを画像に直す作業は簡単だった。

その鮮明さから、探査機の群れは電波だけでなく光学干渉計としても働くことがわかった。既知の天体はいうにおよばず、画像は二千七百七十四個の未知の衛星、小惑星、カイパーベルト天体を映しだしていた。画像はさまざまな波長で撮影されていたが、多くは赤外領域だった。それは彼らが赤色矮星のもとに誕生したことを示唆している。探査機がみずからの判断で地球に観測を集中したことは、その画像の数からも明らかだった。

まず、軌道上の人工天体の鮮明な望遠映像があった。地球を囲む光の巨像。像の中心にある三機のMFH衛星。国際宇宙ステーションとランデヴー中の補給船。太陽発電実験衛星。失敗したテザー衛星の残骸。こちらにレーザーを照射している日本のライダー衛星――これは後で問題になった。

昼の北半球には多数の被写体があった。マンハッタン島の全景写真は国連ビル屋上のヘリポートの円まで識別できた。タージマハル、ベルサイユ宮殿の対称型も目を引いたらしい。アジアは夜の半球にあったが、日本列島を彩る光の帯はあまさず撮影されており、東名高速道路を走る車両のヘッドライトがクローズアップされた画像もあった。

そうした人工物と並んで、探査機はインド洋で遊ぶイルカたちや、マレーシアの夜の森林で明滅する蛍の群れ、セネガルに大発生した黒雲のようなバッタの群舞も見逃さなかった。何が目を引いたのか、中東の砂漠をさまざまな倍率と波長で撮影した二千枚の画像もあった。

太陽の近傍を通過したことで、探査機群はわずかに針路を変えた。それが制御されたものであることはまちがいない。探査機群はαケンタウリを正確に照準していた。

最接近から二十時間たつと、徐々に情報密度を落としていた送信は完全に停止した。太陽から受け取るエネルギーが微弱になったためだろう。

四十八時間後に終息宣言が出たとき、そこには世界の惑星科学者を一生まかなうだけのデータの山が残った。我がものと思っていた太陽系における途方もない知識が、異星人の探査のおこぼれによって与えられた。それは大きな興奮と喜びをともないながらも、人類が初めて体験する羞恥となった。

続く半年にわたる解析からも、赤い小人から人類あてのメッセージはなにひとつ発見できない。

軌道上に掲げた巨大なネオンサインを、彼らはどう受け取ったのだろうか。

求めた握手を無視されたような気まずさが残ったが、世界はそこで立ち止まらなかった。ともかく挨拶はすませたのだ。次に続くものとして、国連は惑星トーリンに地球文化のすべてを送信する計画を採択した。人類の血塗られた歴史をどう伝えるか、早々と議論がまきおこっていた。

「もしかして地球人って、銀河有数のおしゃべりなのかなあ」

ピザを頬張りながら、弥生は言った。

もはや同好会どころではなくなっていたが——連日の戦争状態の合間をぬって、いままでも時間外のミーティングは続いていた。

「ウェブの個人ページとか見てると、ほんとそう思っちゃいますよね。僕を見て、あたしはここよって世界中で騒いでる。こんどはトーリンに百科事典を送信するなんて」

「これも黄色矮星人の特性かな」

野嶋は苦笑した。

「すくなくとも、赤い小人より賑やかな種族だってことは間違いない」

彼らは完全な静謐のうちに探査を終え、太陽系を離脱したのだった。

そのプロセスは人類最高のテクノロジーをして、かろうじて検出できるものだった。

まして、彼ら以外のした仕事については、知る由もなかったのだ。

弥生は口をつぐみ、手元の写真に目を落とした。

小さく息をのむ。

もう何度も見直しているのに、畏怖の念をおさえることができない。

土星環のなかを周回する正八面体。水星の北極点に据えられた正方形のプレート。カリストの氷原に長い影を落とすブイのような物体。地球‐月系のラグランジュ4にある、かすかなガス状の塊。太陽系外縁、カイパーベルトの中を漂う全長四十キロメートルのシリンダー。

赤い小人の探査機群が、ただ一度の側方通過で捉えたものだ。

現存する証拠がこれだとすれば——何も残さずに通り過ぎたもの、億単位の年月に埋没したものはいくつあるのだろう。

それなのに、彼らは何も語らなかったのだ。

付　記

本篇が書かれた経緯を述べておきたい。

ＩＰＳとサーモン・エッグ計画はＪＡＸＡに所属する野田篤司氏のプライベートな研究から生まれたものである。野田氏はＩＰＳのアイデアを私の掲示板で発表された。すると「特許取得、もしくは公知の事実を考えてもいいのではないか」という声がすぐに上がった。もう誰かが考案しているかもしれないが、いまだ確認されていない。

私はＩＰＳを盛り込んだＳＦのプロットを思いついたので、小説の形で公知できないかと考えた。正式な公知にならなくても、その一助になればいい。野田氏はこれを快諾してくれた。

本篇はしかし、ＩＰＳに関する考察をすべて忠実に描写しているわけではない。小説としての効果を考え、ある可能性に目をつむった部分もある。もちろん誤記の可能性もあるだろう。野田氏には多岐にわたるアドバイスをいただいたが、最終稿にはタッチしていないから、誤りがあればすべて著者の責任である。

轍《わだち》の先にあるもの

ACT・1

あの日のことはよく覚えている。

二〇〇一年二月十二日、NASAのNEARシューメーカー探査機が一年間の任務を終えて、ボーナスミッションを見事なしとげた日のことだ。

探査機はそのちょうど一年前、二〇〇〇年のバレンタインデーに近地球型小惑星エロスの周回軌道に乗った。偶然も味方したが、粋な演出だったと思う。

ボーナスミッションというのは、本来計画されていた探査が達成できたので、いちかばちか探査機をエロスの表面に着陸させてみようというものだった。

世間ではほとんど話題にならなかったが、探査機を小惑星に着陸させるのは人類初の試みだった。

　エロスは長径三十三キロ、短径十三キロの反り返ったじゃがいものような形をしている。表面重力は地球の数千分の一しかないが、形がいびつなので場所によって異なる。そのため周回軌道も不安定になる。

　NEARシューメーカー探査機は——念のために言うのだが——無人機だ。外見はよほどマニアでないと普通の人工衛星と見分けがつかない。もちろん着陸など想定していない。着陸の成功率を、スタッフは一パーセント以下と発表していた。


　私は当時、MEF（Minorbody Exploration Forum）に参加していた。これは日本の若手研究者が中心になって作ったフォーラムで、新しい小天体探査プロジェクトを立ち上げようとしていた。MEFは宇宙科学における初めての試みとして、広く一般の参加を募った。ベテラン研究者が上から号令するのではなく、若手研究者と一般市民が集まってボトムアップで計画を練ろうという意欲的な試みだった。

　活動は主にインターネット上で進められる。メーリングリストに流れる発言を追っていると、研究者たちの生の声が聞けて面白い。SF作家の私にはそれだけでも大きな収穫だった。

　リードオンリーでは肩身が狭いので、私もアウトリーチ活動をちょっぴり手伝った。子供や一般市民を対象とした普及活動のことだ。ＮＡＳＡの探査プロジェクトのウェブサイトを見ると、たいていアウトリーチのコーナーがあって、子供向けの解説や教材、教師向け資料などが用意されている。

私はほとんど貢献しなかったが、アーサー・Ｃ・クラークがそうしたように、自分もなんらかの形で宇宙探査と相互作用を持とうとしていたことは確かだ。宇宙探査はＳＦに最良の素材を提供してくれる。クラークはボイジャー探査機の成果に触発されて『２０１０年宇宙の旅』を書いた。いっぽう彼の作品も現実の宇宙探査に様々なビジョンを与えてきた。同じことが日本国内でやれるとは嬉しいことだ。

ＭＥＦの研究者たちは、ＮＥＡＲシューメーカー探査機の着陸をやや複雑な心境で見守っていたと思う。彼らの多くは翌年打ち上げる宇宙研のＭＵＳＥＳ《ミューゼス》－Ｃ探査機に関わっていた。ＭＵＳＥＳ－Ｃこそは人類で初めて小惑星に着陸して、その一部を地球に持ち帰る画期的なマシンなのだが、その栄誉の一部をＮＥＡＲに奪われた格好になる。たとえその着陸がゆるやかな墜落に等しかったとしてもだ。

「ＮＡＳＡは touch down という言葉にこだわってるようですね。よほどＭＵＳＥＳ－Ｃを意識してるんでしょう」

なんてやりとりがＭＥＦメンバーの間で流れたものだ。

二〇〇一年二月十二日、アメリカ東部時間で午後三時一分、四方に太陽電池を広げた軽自動車ほどの物体は、秒速一・九メートルでエロス中央部に落下した。

着陸後も探査機は生きていた。固定式のパラボラアンテナはもう地球を向いていなかったが、無指向性の低利得アンテナがその生存を伝えてきた。周囲を撮影できる広角カメラがあればどんなに素敵だろうと思ったものだが、着陸後の画像は送られてこなかった。

降下中に送信されてきた最後の画像は、高度百二十メートルから撮影したものだった。画像は下四分の一が途切れてノイズになっている。送信途中で着陸したせいだ。

私はその画像に見入った。

コントラストの高いモノクロ画像で、大小のボールダー、つまり石ころが転がっている。フラクタルのルールがここにも働いていて、高度五十キロから撮影した画像と大差ないように見えた。

しかしキャプションを読んで鈍い衝撃を味わった。

視野の差し渡しは六メートル。たった六メートル。

ここに写っているのは小さな部屋ほどの世界なのだ。

私はウェブで得た画像をプリントして、同じ縮尺の人間を描き込んでみた。さらに角度を変えて、空想の俯瞰図を描いてみたりした。

画面の上半分に乗用車くらいの大岩が横たわっている。

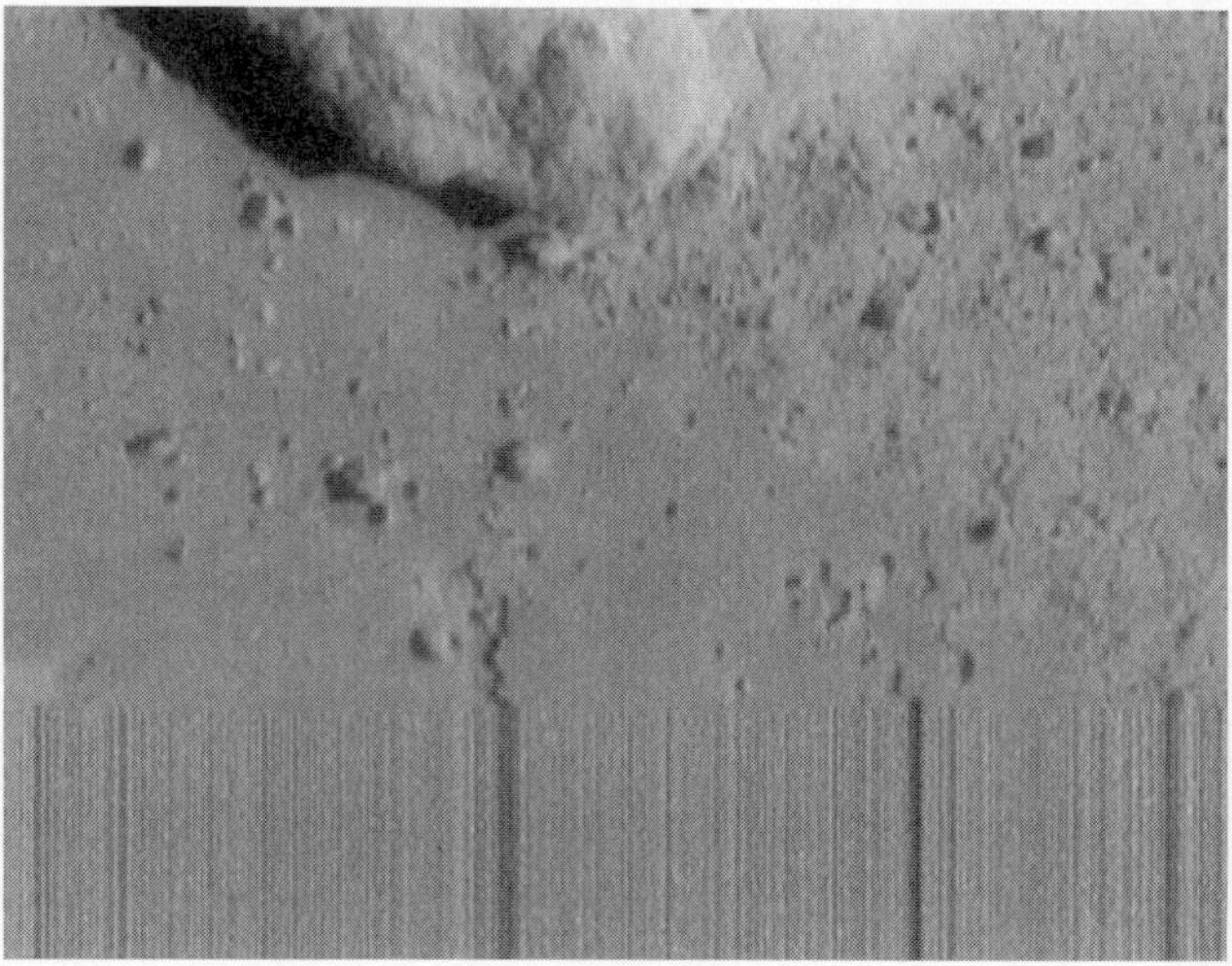

まわりの地面はきめの細かい塵——レゴリスに覆われていて、アポロ十一号の飛行士たちが歩きまわった静かの海にそっくりだ。小石くらいのボールダーはいくらでも散らばっている。

私は画像の下端に目を留めた。

あの模様に気づいたのはその時だった。

この蛇行谷はなんだ——？

いや、蛇行谷じゃない。それは月の地形で、規模がぜんぜんちがう。月の蛇行谷は全長が何十キロもあり、溶岩が流れた跡とされている。太古の昔、月には火山活動があった。ここに写っているのは、幅十センチくらいの浅い溝で、二十センチほどの周期で蛇行していた。深さは五センチくらいだろうか。溝の側面は切り立っていて、人工的でさえあった。迷走する車が残した轍のようでもある。

溝は不規則な形状のものも含めれば四つあり、いちばん長いものは少なくとも一メートルあった。少なくとも、というのは、そこでデータが途切れていたからだ。

何かが這った……いや、流れた跡だろうか。

溶岩流？　小さなエロスで火山活動が続いているとは考えられない。しかしメテオロイドの衝突による熱で溶岩が生まれることはある。

昼間の表面温度は百度C、夜ならマイナス百五十度Cと見積もられている。この温度範囲で液体になる物質はいろいろあるが、大気がないから水ならすぐに揮発してしまう。

当時MEFのメーリングリストはエロスの話題で持ちきりだったので、私は質問してみた。

「この蛇行パターンはなんでしょうか？　まさか液体が流れた跡じゃないと思いますが」

液体の可能性は自分で否定したし、まして生物の期待など、おくびにも出さなかった。それが存在する可能性がわずかでもあれば、迷わずSFのネタにするのだが。

すぐに数人の研究者が応答してくれた。

東大の秋野氏は、まずイジェクタ・ブランケットの存在を指摘した。イジェクタとはメテオロイドの衝突などで放出される物質のこと。火山弾や火山灰もそれにあたる。それが毛布をかぶせたように積もった状態をイジェクタ・ブランケットという。

もういちど画像を見てほしい。大石の縁から右下に向かって、表面の滑らかさがくっきり変化しているのがわかるだろう。画面左側の地面はならした砂場のように滑らかなのに、右側は荒れている。まるで左上から右下に砂嵐のようなものが吹きつけて平滑《へいかつ》になり、大石の風裏になった部分だけが粗いまま残ったような感じなのだ。

秋野氏はそのうえで、こんな説を述べた。

1．イジェクタ・ブランケットが元々あったラフな地形を埋めていったが、あの部分はへこみが大きくて埋めきらなかった。

2．イジェクタ・ブランケットは、静電気力等で実は水平方向にある程度の保持力を持っている。で、いったんはかなり平坦な地形を作り出したが、その底の凹凸が重力の影響やその他のインパクトによって現れてきているのがあの溝？　振動とかで、ぼこっと陥没したのでは？

彼に限らず、研究者たちは蛇行模様より滑らかな地面そのものに注目したようだった。NASDA（当時）で月利用研究をしている出町氏がこれに反論した。

「1に対して。本来、降下物の色濃いイジェクタ・ブランケットは、もとあった地形に沿って平行に積もります。関東ローム層、火山灰や降下火砕物の地層を見るとよくわかります。したがって、何か凸部の陰になるようなところでない限り、本説の可能性は薄いと思います。それにイジェクタ・ブランケットは、新鮮であれば表面が滑らかなんてことはなく、クレーター中央を指向するヘリンボーン構造や二次クレーター列が見えます。これは、イジェクタ〝そのまま〟ではありえません」

ヘリンボーン構造とはツイードの生地などにある「く」の字型が並んだ模様で、クレーターの中央を向いている。

二次クレーター列はイジェクタに含まれる岩石が、ホースでまいた水のように列をなして落下してできる、小さなクレーターの列だ。

「膨張・収縮、粒子の凝集力など、均質な因子が働くと、ベナール対流セルのような六角形パターンができます。干上がった湖底の乾裂はその一種です。写真を見ると、そうしたパターンではないので、この説も考えにくいです。

〝振動とかで、ぼこっと陥没したのでは？〟――これは大いにありえますが、レゴリス下の空隙に土砂が落ち込む場合は、すり鉢状の斜面を呈します。蛇行凹部の側面が切り立っているので、ちょっと違うように思います。

地球上で最も似ているのは、周氷河地形のケトルホールですね。氷河堆積物中の氷ブロックが融け去り、その外形のまま上部土砂が陥没して生じます。もしかして、氷天体のインパクトのかけらが昇華して、レゴリスが陥没して出来た地形だったりして。

液体の流れた痕という説は魅力的ですが、かなり疑問です。月の蛇行谷が河川だったという〝お話〟もありますが、極低圧下で液相の水を維持して、しかも浸食させるのは大変ですから、まずありえないでしょう。もっとも、レゴリスを融かし、空隙をなくしてしまって体積を減ずるほど高温のメルトが降ってきた、なんていう可能性もあります」

続いて出町氏の同僚の平岡氏。

「蛇行した溝ももちろん気になりますが、やたら滑らかに見える地域が不思議です。わたしも出町さんと同意見で、単純にイジェクタとは解釈できないように思えます。

理由としては、先に出町さんが指摘したように、イジェクタによく見られる放射状なりなんなりの地形パターンがまったく見えないこと。それに粒径が揃いすぎている。表面が非常に滑らかということは細粒のものがたくさんある、ということだと思いますが、イジェクタなら粒径のバリエーションがあってもいいのではないでしょうか。

さらに同地域には、ずっとサイズが飛んで十センチオーダーの岩片が散在しているのも気になります。中間サイズの岩片はないのでしょうか？ しかもこのサイズの岩片の数は画像右側のゴツゴツしたほうの表面とあまり変わらない。

私たちは普段、もっと大きな、重力のよく効く天体のイジェクタを見ているもので、もしかしたら小天体ではそのあたりの様相が全然違うのかもしれませんけれど。ヘリンボーン構造はともかく二次クレーターは果たして形成されるものでしょうか？ 最後の画像が一連のアプローチ間の画像のどこを撮っているのかがわかれば、イジェクタ源としてふさわしいクレーターがあるかどうかなど、もう少し考えを進められると思います。

溝のほうについてはよく画像を見ると他にも（溝ではないがへこみ具合がよく似ている）凹地形があるようなので、そちらとまとめて解釈はできないでしょうかね」

研究者たちのやりとりについていくのは大変だ。

とはいっても、素粒子物理学や分子生物学に比べると、途方にくれるほど難しくはない。地学の基礎知識があれば、なにを話しているかぐらいはわかるものだ。

ＮＥＡＲシューメーカー探査機は着陸後も生きていたが、もう新しい画像は送ってこなかった。

私はちょっとした飢餓状態になった。

研究者たちの視点にふれたせいだろうか、私はエロスの表面地形にすっかりハマってしまった。心の中のスイッチが入ったような感じだ。

私はプリントした最後の画像を見返しては、

「うう、くそっ、まわりはどうなってるんだ！」と毒づいた。

蛇行模様はどこまで続いているんだ？　岩の向こうはどうなってるんだ？　イジェクタはどこから飛んできたんだ？　途中でデータの途切れた六メートル×四メートルの画像一枚きりでは、なにも判断できないではないか。

気を鎮めてみても思うことは、知識の獲得にはテクノロジーが必要だというあたりまえの事実だった。

二十一世紀を迎えたというのに、あいかわらずラダイト運動めいた思想がはびこっている。技術文明を捨てて土と共に生きよ、自然と共生しろ、知識より知恵を学べという。それも結構だが、このエロスの画像のまわりを知りたいという私の欲求はどうしてくれる。

これ以上根元的な欲求があるか。これを叶えなくて、どうすれば人間らしく生きられるというのだ。国民全員がハンバーガー一個ぶんの金を払えば新しい探査機が送り出せるというのに。

その頃、MEFでは七つの探査計画が提案されていた。スペクトルの異なる小惑星を次々に巡るもの。火星の衛星フォボスをボーリングしようというもの。CAT天体（干上がった彗星核）を調べようというもの。小惑星ベスタにランデヴーするもの、エトセトラ、エトセトラ。

私はエロスの再調査を熱望していたが、それを八つめの計画として提案したりはしなかった。一度接近探査した天体を再訪するのでは、いかにも収穫が少ない。位置のわかっている小惑星だけでも一万個以上あるのに、その時点で人類の探査機がランデヴーしたのはエロスだけだ。百二十メートルまで接近して撮影したのもエロスだけ。調べたい天体はほかにいくらでもある。蛇行模様だってありふれた地形かもしれない。

そうやって抑圧はしても、エロスへの興味は薄れなかった。心のスイッチはオンになったまま、あの最後の画像が頭から離れなかった。

砂浜を散歩したとき、靴であんな溝を掘ってみたりした。砂はさらさらと崩れ、溝の側面は三十度ほどの傾斜になった。これを安息角というが、あの蛇行した溝は九十度くらいに切り立って見える。

小麦粉のほうがうまくいった。軽いわりに結着力があるので切り立った縁を保つことができる。アポロ計画の飛行士たちを悩ませた月面のレゴリスも、あの靴跡からすればこんな感じだと思う。

しかしエロスの重力は地球の数千分の一しかない。こんな低重力で砂や塵がどうふるまうかは容易に推測できない。

地球上なら一週間ともたない地面の窪みや轍が、小惑星では数百万年を生き延びる。それはどんな奇跡でも起こりうる時間スケールだ。あの荒涼とした画像にひそむ、気の遠くなるような歳月の重みには慄然とするしかない。

どうやら私は横道から入って小惑星研究の本当の意義を見いだしたらしい。

「殺風景な冷えた石ころのなにが面白いんだ」

小惑星を軽視するつぶやきはアカデミズムの中にさえある。それに対する答えは「だからいいんじゃないか」だ。水や空気や微生物に浸食されていない、最高の保存状態にある太陽系そのものの標本――それが小惑星なのだ。

私はもう、そこに生物の姿など求めていなかった。

ACT・2

二〇〇三年に宇宙研のMUSES‐Cが予定通りに打ち上げられ、「はやぶさ」と名付けられると、いよいよMEFに出番がまわってきた。苦心して編み上げた探査計画は理学委員会の審査を通り、宇宙開発委員会に承認され、ついに財務省の予算を獲得したのだった。

新しい探査機はASTEROID‐Aという名前をもらい、打ち上げは二〇一〇年に設定された。

探査機の制作は打ち上げの数年前から始まる。技術試験モデルを制作してさまざまなテストをするのに二年。それをもとに本番用のフライトモデルを作るのに二年。フライトモデルの試験に一、二年。

MEFはプロジェクトを立ち上げるための組織だから、もう役割を終えていた。しかしメンバー間の交流は続いていた。

アウトリーチ部門に関わっていた私は、そのための積荷として五十グラムを要求したものだ。うれしいことに要求はいまも設計に確保されている。十六グラムはCD‐ROMの搭載に使われる。そこには市民から公募したさまざまな画像やメッセージが記録される。ご存じと思うが「あなたのメッセージを星の王子様のふるさとに」キャンペーンだ。

さらに一口十万円の寄付金で〇・一グラムの有償ペイロードを募集する。クラークがやったように毛髪でもいいし、誰かの遺骨でも、願い事をしたためた切手サイズの短冊でもいい。それらは細いガラス管に封入されて探査機内部に搭載される。〇・一グラムといえば結構使い手があるものだ。収益はアウトリーチ目的に使われる。

そして二〇〇五年の春——技術試験モデルができあがった頃のこと、あの驚くべきニュースが飛び込んできた。

インド洋上空の静止軌道で、軌道エレベーターの建設が始まったのだ。まさか！　事業を始めたのはアメリカのベンチャー企業、テザー・アンリミテッド社。国際共同でも国家プロジェクトでもない、ただの一民間企業だ。

物理学者でSF作家でもあるロバート・L・フォワードがそんな会社をやっていたのは知っていた。一九九四年に創業して、社員は今世紀に入っても二、三人だったと思う。導電性テザーを使って地球磁場の中で推力をつくる装置などを提案していたが、業務はせいぜいコンサルティングと基礎実験レベルにとどまっていたはずだ。

テザー・アンリミテッドはその名のとおり、宇宙工学に応用できるテザー、すなわち紐の研究開発を進めていた。高強度のテザー素材として最有力の候補は日本の飯島澄雄博士が発見したカーボン・ナノチューブだった。炭素原子を六角形に編んだ円筒形の分子だ。

おそろしく軽量で強度が高く、利用価値は無限にある。

だが工業的に使えるほど長いものが製造できなかった。中国科学院が画期的な長さのナノチューブを生成したと聞いたときは興奮したが、それでもミリ単位だった。

静止軌道に――アンカー質量を含めればその先まで――達するテザーなど当分は夢だろうと信じていた。

だが、彼らはやってのけた。

事実上無限の長さのカーボン・ナノチューブができたとき、フォワードが考えた応用はもちろん軌道エレベーターだった。いくつかある低軌道バージョンではなく、いきなり純粋な、静止軌道に達する軌道エレベーターの建造に踏み切ったのだった。どうやって資金を集めたのか知らないが、目端の利く投資家がいたのだろう。

クラークは『楽園の泉』で、その途方もない大事業を精緻に描写して見せた。クラークはその素材にカーボン・ウィスカーを想定しており、その単結晶は宇宙空間の微小重力環境でないと製造できないとしていた。そこでエレベーターの起点となる静止軌道には質量数万トンの巨大な宇宙工場が設置される。

この工場を建造するだけでも、安全で清潔で低コストな核駆動ロケットがなくては実現できそうにない。現用ロケットでやるなら数千回の打ち上げが必要になるからだ。

しかもクラークは、テザーの原料とアンカー質量のために小惑星を静止軌道に曳航すると述べている。これまた夢のような大事業だし、相当な危険もある。

みんなクラークに騙されていたのだと思う。

彼ほどの嘘つき名人はいない。軌道エレベーターが途方もない大事業であるからこそ『楽園の泉』は重厚な物語になった。しかし現実はそんなドラマを軽々と飛び越えてゆく。

カーボン・ナノチューブは地上で製造できた。これを使ったテザーは全体でたった九・二トンしかない。テザー・アンリミテッド社はこれを増強型アリアンVロケットの試験機で一度に宇宙へ運んだ。

テザー衛星は自身がアンカー質量となって、地球から遠ざかりながらテザーを繰り出した。もちろん、重心は常に静止軌道にある。複雑な軌道制御は衛星自身が計算して行い、百五十日後にはテザーの末端がインド洋モルジブ諸島のガン島上空に達した。

ヘリウムガスを詰めた高高度プラットホームが高度四万メートルでテザーを出迎えた。大気の大部分は下方にあり、切断の危険は最小限に抑えられる。

末端の直径はわずか〇・一五ミリ。目の前にあっても見えないほどの細さだが、これはガイドロープにすぎない。それに見かけよりずっと丈夫だった。

末端がプラットホームに固定されると、ただちに〝スパイダー〟と名付けられた機械が蜘蛛の糸を登り始めた。

スパイダーは太陽電池で作動する自転車ほどの機械で、第二のテザーをしたがえていた。大気圏を出てからは時速百キロで上昇し——夜間は休憩しながら——一か月ほどで上端に達した。

第二のテザーが架橋されると、今度は二機のスパイダーがそれを登った。テザーは四本になった。

スパイダーが往復するたびにテザーは倍々ゲームで増えていった。それとともに懸架重量と冗長性、それにテザー・アンリミテッドの株価も飛躍的に上昇した。一年半後には百八十本のテザーが掛け渡され、末端が大地に固定されると、もう誰も完成を疑わなくなった。

テザーは直径六十メートルのストッキングのように編み上げられ、エレベーター・シャフトが完成した。編み目はかなり粗く、人がくぐり抜けられるほど。しかしこれだけの空間的ひろがりがあれば、たとえスペースデブリや人工衛星が衝突しても一度に全部が切れることはない。すぐにスパイダーを差し向けて補修すればいいのだ。

エレベーター・シャフトは回避能力も備えていた。シャフトは常にわずかながら振動している。そこへ人為的にテンションを加えると、振動を増幅できる。そしてシャフト全体がダンサーのように身をくねらせ、衛星をかわすのだった。

そんな芸当をするには高度な応力解析が必要だったが、当時のパソコンはすでにそれをこなす性能があった。軌道エレベーター全体が台湾製のパソコン四台で運用されていることはずいぶん話題になったものだ。

バベルの塔のスペクタクルを期待してモルジブ諸島にやってきた見物客は、空に向かって点々と並ぶ航空標識灯を見てがっかりするのが常だった。光線のぐあいがよければ、かすみ網のようなシャフト本体も見えることがある。しかし多少なりともエレベーターらしくなるのは、シャフトの外側にリニア軌道が敷設されてからのことだった。

その日、私は相模原の宇宙研でASTEROID－Aフライトモデルの振動試験を見学していた。

探査機がどんなにデリケートな代物か知っていたので、振動試験は胃の痛くなるようなショーだった。小惑星探査は夢のような静謐の中で進むが、打ち上げ中は数Gの荷重がかかるうえ、猛烈に振動する。探査機にはそれを乗り切る強度が求められる。

フライトモデルは試験を無事クリアしたようだった。

顔見知りのメンバーと研究室で缶コーヒーを飲みながら、私たちは軌道エレベーターのことを話した。

あれで探査機を運べば、もうこんなスリリングなテストは必要なくなる。振動試験は必要だが、負荷ははるかに穏やかになるだろう。それよりなにより、骨身を削って軽量化する必要がなくなる。

静止軌道より高い位置にある発着ポートを利用すれば、エレベーターが持っている接線速度だけで地球引力圏を脱出できる。軌道変更に必要な小型ロケットを積むだけで、あとのエネルギーは地球が払ってくれるのだ。

「まあ、いまから乗り換えるってことはないですよ。ロケットもうできてますから」

プロジェクト・マネージャーの只野氏は言った。

「M－Vロケットとしては、これが最後になるでしょうけどね」

「こっちとしては軌道エレベーターのほうがいいでしょう?」

「そりゃそうです。でもロケットグループも研究課題があって、今回の打ち上げでそれを確かめるわけだから、どっちみち打ち上げなきゃいけないんです」

〝こっち〟というのは衛星（探査機）グループのことだ。

衛星グループとロケットグループが一丸となってプロジェクトに取り組む。これが宇宙研の良き伝統だった。みんなで力を合わせて大仕事を成し遂げる、その盛り上がりを一度知ると病みつきになるという。

それが軌道エレベーターの完成で解体される運命にあることは、一抹の寂しさを覚えずにいられなかった。

二〇一〇年七月、我々の——と思いたい——探査機を乗せた最後のM‐Vロケットが、内之浦の射場から打ち上げられた。

澄み切った夏空の中に白煙がのびてゆく。それが成層圏を越えたあたりで、新体操のリボンを思わせる不思議な形に変わるのを、私は呆然と眺めていた。

航跡が太平洋の水平線に消える頃、見学席に管制官の声が流れた。

「三段モーターの点火を確認。正常に飛翔中」

誰かが「よっしゃあ！」と叫んだ。歓声と拍手が後を追った。

三十分ほどして、チリのサンチャゴ追跡ステーションが探査機を捕捉したと伝えてきた。搭載機器はすべて順調に動作していた。

探査機にはすでにASTEROID‐Aというコード名があったが、打ち上げが成功したら愛称をつけるのが宇宙研の伝統だった。

所内の投票を審査した結果、探査機は「れいめい」と名付けられた。小惑星探査とはすなわち、太陽系の起源を探る旅だからだ。

めざすのは火星と木星の間にあるメインベルト——小惑星帯の中心部にある複数の天体で、もちろんエロスではなかった。れいめいは地球を四分の一周してから上段モーターに点火し、まず月に向かった。地球‐月スイングバイを二回繰り返してから引力圏を離脱し、惑星間飛行に入るのだが、それが終わるのは一か月も先のことだ。

その夜はなじみのメンバーと連れ立って内之浦の街に繰り出した。街でいちばん大きな海鮮料理店で酒盛りをして、ビールと薩摩焼酎をたらふく飲んだ。二次会はスナック「ニューロケット」でカラオケ。「機動戦士ガンダム」の主題歌を三番まで歌ってお開きになった。

海ぞいの国道に出ると、満天の星空だった。

南西の空を見ると、岬の向こうにかすかな光の筋が立ち上っていた。インド洋を起点とする軌道エレベーターは、空が十分に暗くて澄んでいれば、日本からでも見えた。時間を選べば、その筋を地球の影が這い登ってゆくのがわかる。

ケーブルの途中に、ひときわ明るい光点が灯っていた。

動きはわからなかったが、八機あるリニアトラムのひとつにちがいない。

宇宙空間への物資輸送はもう堰《せき》を切ったように始まっていて、すでにジャンボジェット二機ぶんの居住空間が運ばれていた。これまでの宇宙ステーションのような徹底した検査を重ねることもない。ロケットに比べればただ同然の輸送コストで運べるので、「まず宇宙に運んでみて、うまくいかなかったら地上に戻せばいい」という考えで事が進んでいたのだった。

「忙しくなるなあ、これから」

誰かが言った。

「十年に一度が、半年おきになるんじゃないか」

「ツキイチで月と往復でしょう」

賛同の声が上がった。

私もうなずいたが、そのときはまだ、この自分がエロスの表面に降り立つなど、夢想だにしなかったものだ。

ACT・3

二〇年代になると、もう宇宙旅行は日常の一部だった。

かつてのMEFの仲間は太陽系各地に雄飛していた。平岡氏と出町氏は火星のクリュセ基地に滞在して花弁状クレーターを掘り返していた。

秋野氏はフォボス宇宙港の建設責任者になり、いまもスティックニー・クレーターの地下を精力的に掘削している。

国際共同で進められているエウロパ計画に合流した者も多い。あの氷の殻をボーリングして、その下に眠る海に有人深海潜水艇を持ち込むのだが、固体天体とみれば穴を掘りたがるのが彼らの共通パターンだった。

私は六十代になったが、あいかわらず宇宙SFを書き続けていた。もはや宇宙は冒険小説の領域になっていたが、それも内惑星領域のことだ。外惑星と太陽系外はまだSFの領土にあり、嬉しいことに読者はずいぶん増えていた。遺伝子工学とパーソナル・コンピュータが発展した一九八〇年代にサイバーパンクが流行したように、大衆に浸透した期待感がSFの売れ行きに拍車を掛けているのだった。

全集の刊行でちょっとした印税が転がり込むと、私は月への巡礼を果たした。虹の入り江基地から北極までムーンバギーで走り、慣れない低重力下でハンマーをふるって岩石採集した。

レゴリスが滑らかに降り積もった場所にさしかかると、私はきまって蛇行模様を探した。卓上サイズから顕微鏡サイズのクレーターはいくらでもあったが、溝状になったものはひとつもない。ベテランの地質調査員に訊いても、月でそんな模様は見たことがないという。

あれは、小惑星に特有の模様なのだろうか？

そう――私はあいかわらず、エロスにこだわっていたのだ。

惑星科学の中心は有人探査の始まった火星と商業利用の進む月に集中しており、小惑星にまでは人手がまわらなかった。かつてはエロスのようなNEO（近地球型天体）は、到達しやすいことで探査の対象になったものだが、ポスト軌道エレベーター時代のいまはちがう。探査の前線はNEOを飛び越して火星に達していた。

クリュセ平原の地下で発見された火星細菌は世界をあっと言わせたし、私の作品にもずいぶん貢献してくれたものだ。

地球外生命は素晴らしい。生命こそは最高の驚異だし、無限の可能性を秘めている。しかしSFでは、未知の天体には必ず生命がいることになっていて、私はその王道に少少倦《う》んでいた。始源の姿をたたえた小惑星を、ありのままに描くだけではいけないのか。生命のいない宇宙の大部分を、語らなくていいのか。

――そんな思いが絡んで、エロスへのこだわりはますます強化されてきたのだった。

月より先への旅はまだ一般市民には手が届かなかったが、長年作品を通して宇宙への思慕を語ってきたおかげで、とうとう私にも番がまわってきた。NHKの『わが心の旅』という番組の提供で、惑星軌道の切符をプレゼントされることになったのだ。

ディレクターが掛けてきた最初の電話で目的地を聞かれたとき、私は迷わずエロスと答えた。

「どこかの歓楽街じゃないですよね？　もちろん」

「もちろんです」

私は天井を指さして言った。自分より二十歳も年下に見えるディレクターは液晶画面の中ですぐにうなずいた。

「地球上ってことはあるまいと思ってました。それで、思いつきなんですが、宇宙研の火星往還船に便乗するということでどうです？　ゴージャスな船旅とはいきませんが」

途中で小惑星をいくつか巡検したあとフォボス宇宙港で補給、メンバーを入れ替えて地球へ。トータル九か月の旅だ。

「ただしエロスに寄るかどうかは交渉次第ですんで、まずそちらの内諾をいただこうかと」

もちろん、否はなかった。

宇宙研の火星往還は一昨年から始まっていて、ミチカワ号とウチノウラ号の二隻が就航している。定員は十六名だった。今回はNHKの取材班も同行してドキュメンタリーを制作するのだが、ついでにもう一本番組を作ってしまえというわけだった。

電話のあと、私は急いでシミュレーターを起動して火星往還船の軌道を調べてみた。うまい。メインベルトへ向かう途中でエロスの軌道に近づく。出発を数日早めれば、無理なくランデヴーできそうだ。

しかし他の目標との兼ね合いもある。

私はすぐディレクターに電話をかけた。

「あの、軌道を確かめたんですが、あの便がエロスに寄ることは可能なんです。つまり宇宙研が物理的に不可能だと言ってきたら、反論できますんで……ええそうです……よろしくお願いします」

それからさらに、コネクションのある宇宙研の教授や助手に電話して根回しを試みた。教授たちは思ったより潔癖だったが――案ずることはなかった。NHKの威光は絶大で、ディレクター氏がすべてうまく取りはからってくれたのだ。


そしていま――二〇二二年三月十五日――私はエロスを目前にしている。

ウチノウラ号は二百キロ手前で観測機器の集中した天井側をエロスに向けた。数少ない観測窓を、私は少々顰蹙《ひんしゅく》を買うほど独占していた。

エロスの自転軸は黄道面近くまで倒れており、この時期はずっと南極を太陽に向けていた。細長い黄褐色のじゃがいもが五時間半で自転するところは、太陽風を受けて回る風車のようだった。

二時間後、ウチノウラ号はエロスの赤道面に進入して半径四十キロの周回軌道に乗った。軌道周期は約二十時間で、エロスに対しては秒速三メートル、駆け足ほどの相対速度しかない。

この軌道からはエロスの側面がよく見えた。NEARシューメーカー探査機が作成した地図と、頭上の天体を照合してみる。エロスの地名はすっかりそらんじていたのだが、二十年前にプリントしてしわくちゃになった地図と本物を見比べることは必要な儀式だった。

ドンファン、ヒメロス、キューピッド。

ヒースクリフ、キャサリン。

ドン・キホーテ、ロリータ。

地名はすべて愛にちなんだもので、古今東西の神話や小説からサンプリングされている。エロスはこちらを追い越すように自転してゆく。自転速度は時計の短針の半分以下だから、動きは見えない。しかし双眼鏡で明暗境界線のあたりを探ると、小さな岩山から長くのびた影が、粉っぽいレゴリスの上をじりじりと這いすすむのがわかった。

最大のクレーター、プシュケ（サイキ）がその巨眼をこちらに向けた時は息をのんだ。細長いエロスを輪切りにすると直径は太いところで十三キロくらいだが、プシュケの直径はその半分近くある。湾曲した天体の内側中央にあるので、もともとまっすぐだったものが、プシュケが生まれた衝撃で折れ曲がったように見える。

月や火星に散らばっている平らなパイのようなクレーターとちがって、プシュケは深いすり鉢状にえぐれていた。日照をあびた斜面は、他の部分より明るい。宇宙風化した古い物質が剥落して、新鮮な部分が露出しているためだ。

プシュケはその縁の一方に数個の小クレーターをしたがえているので、猫の足跡のように見える。肉球のひとつはゲンジ、その隣がフジツボ。命名にあたった研究者たちが重要な部分に日本のラブストーリーを持ち込んでくれたことに感謝したい。

あまりのんびりしてはいられなかった。

私は最初に着陸する四人組の一人だった。静止軌道の模擬フィールドで受けた訓練の成果を発揮する時だった。

念入りに排泄をすませ、マークⅣ宇宙服を着用する。

最年長の私が不器用に旅支度していると、口髭をたくわえたベテラン惑星学者の黒田隊長が手を貸してくれた。

「蛇行模様を見つけたら、くれぐれも倒れ込まないように願いますよ。スラスターで蹴散らすのも禁止です」

そう言って笑みをうかべる。

訓練中、何度も言われたことだ。小惑星上で走ろうなどと思わないこと。物が一メートル落下するのに二十秒かかる世界だ。それでいて慣性質量は装備一式含めて百二十キロになる。

「たぶん、蛇行模様はいくらでもあるんでしょうけどね。そのときはまあ、心ゆくまでいじってください」

エアロックの外扉を開けると、待ちかまえていた宇宙研の若い助手、矢崎氏に手を引かれた。

上陸艇ミウ号は、船殻に固定された筏《いかだ》のような物体だった。気密キャビンはなく、四人乗りのオープンカーのように着席する。ミウは美宇と綴り、かつて活躍したミューロケットにちなんだ名前だった。

後部シートに体を固定すると、後からNHKの斉藤女史がやってきた。ヘルメットの脇に特製のスタビライザーつきカメラを取り付けていて、赤いタリーランプが点灯している。収録中だ。

斉藤女史はカメラマン、レポーター、その他いっさいを兼任する、船内ただ一人のTVクルーだった。聡明で容姿もなかなかチャーミングだったが、いまは宇宙服とヘルメットにすっかり隠されてしまっている。

最後に黒田隊長が出てきて、前の席につく。プリフライト・チェックが終わると、ミウ号は音もなくデリックを離れた。

ヒドラジンのガスを小刻みに噴射して、機敏に回転する。

ウチノウラ号の後部を占める巨大な推進剤タンクを回り込むと、こんどこそ遮《さえぎ》るもののない、エロスの全容が見えた。

斉藤女史が尋ねた。

「いまのお気持ちは」

「素晴らしいです」

なにか大切な場面にさしかかったら、コメントを用意する癖をつけてくださいね――斉藤女史にさんざん仕込まれてきたにもかかわらず、私はそう答えただけだった。

むう、という女史の息づかいが伝わってきたので、私は少し付け加えた。

「ええ、初めての場所という気がしないです。故郷に帰ってきたような感じです」

これも月並みな言葉だ。

「それはなぜ」

「そうですね……軌道高度のせいでしょうか。NEARはミッションの終わりのほうで、ちょうど今ぐらいの高度に降りたんですよ。その頃の画像やムービーは何百回も見ました」

「なるほど」

「当時としては大冒険だったんです。重力場がいびつでしょう。それがプロペラみたいに回っているところへ、真横から近づいたんですからね。そう……あれがなんで細長いかははっきりしないんですが、自転がある回転数だとラグビーボールみたいになるんです。マクローリン回転楕円体っていいまして、これがもっと速くまわると円盤状になります。ヤコビの楕円体っていうんですが」

私は饒舌になり、斉藤女史は手綱を引きにかかった。

「この探検で、蛇行模様の謎が解けると思いますか？」

「たぶん。惑星学者はきまって言います。地球で何年議論してもわからないことが、現場を見れば一分で解決すると」

ミウ号の最初の着陸地点は私の希望が取り入れられて、ヒメロス低地の南端だった。NEARシューメーカー探査機が着地した場所だ。


ヒメロス低地は小惑星の中央にあり、さしわたし十キロの、この世界では最大の窪地だった。その様子は遠方からでもよく見える。

低地の成因ははっきりしないが、私はプシュケを疑っている。ヒメロスの真裏にあるプシュケ・クレーターが生まれた衝突でエネルギーがこちら側に集まり、都市ほどの岩石が吹き飛んだ。その跡にできた窪地がヒメロスなのだ。この地域の断面図は、両側から齧《かじ》られたりんごのように見える。

ミウ号はもう、ヒメロスの上空五百メートルまで接近していた。南極からつらなる地平線は、高緯度地方から急に勾配を上げ、世界の果てを思わせる一万メートルの断崖に連なっている。その断崖がヒメロス低地になるのだが、上下感覚は容易に修正できなかった。ときにはビルほどもある岩塊を除けば、地表は黄粉《きなこ》をふりかけたように滑らかで、その曲線は、おあつらえ向きの形容をするならエロチックでさえある。夜の海面に群れるくらげのような模様は、塵に埋没しかけたクレーターの名残だった。

ヒメロス低地の南の縁、鞍状の曲面が近づいてきた。

私はNEARシューメーカー探査機を探したが、黒田隊長に先を越されてしまった。

「前方やや左です。ほら、光った。熱防護膜だ」

「あっ、ほんとですね！」

探査機はびっくりするほど小さく見えた。四方に開いた太陽電池パネルが黒い十字を作っている。全体は斜めに傾き、片側の太陽電池パネルが地面に触れていた。

探査機から三十メートルほど離れた場所に、やや黒ずんだ、小さな池のような平地があった。

そばに大きな岩がある。

年々働きが鈍くなっている自分の脳が、猛烈な勢いでパターンマッチングを始めたのがわかった。

あれだ。まちがいない。

「黒田さん、あそこ、あの池みたいなところ――」

私はうわずった声で言った。

隊長はすぐに認めた。

「ポイントオブ最後の写真、ですね」

「ええ、あそこです」

「近くに降ろします」

「気をつけて。ジェットで蹴散らさないでくださいよ」

「わかってますよ」

笑いをふくんだ声で隊長は答えた。それから着陸操作を隣の矢崎氏にまかせた。

ミウ号は百メートルほど手前で静止し、姿勢を整えた。最後の三メートルを自由落下するのに二十分もかかった気がした。

四本の脚が接地したが、レゴリスにめり込む様子はまったくない。

「こちらミウ号。いま着陸した」

黒田隊長と矢崎氏がハーネスを解き、手すりにつかまって周囲を確認した。

それから隊長は私の方を向いて言った。

「さあ、どうぞ最初の一歩を」

私はシートから体を浮かせた。

宇宙服を含めて七十グラムしかない体はやすやすと空中に浮き上がった。手すりの上でほとんど逆立ちをしながら、体をミウ号の外に泳がせる。

「いいですよ、そのまま手の力を抜いて――」

つま先が柔らかいものに触れて、下降が止まった。関節自由度の低い宇宙服で苦労して足下を見ると、確かに両足がレゴリスに触れていた。ほんの少しだけ、めりこんでいる。

到着。

私はぼんやりと、二十年前に台所で実験した、小麦粉の感触を思い出していた。不思議なほど、あれに似ている。

斉藤女史がこちらにカメラを向けている。

なにか言わなくては。

「ええ、いまミウ号の外に降りました。ええ……とても柔らかく迎えられた気がします。私の中で、小惑星エロスの知識に皮膚感覚が加わりました……そんなことを思ってます」

私は剛体構造のマークⅣ宇宙服に感謝した。

外からでは、膝の震えはわからないだろう。

顔も遮光バイザーに覆われている。

あとは嗚咽《おえつ》さえ漏らさなければいいのだ。


隊長、私、斉藤女史の三人は互いを命綱でつないで、ＰＯＦ――ポイント・オブ・ファイナルイメージ――最終画像地点に向かった。矢崎氏はミウ号で番をしている。

移動にはスキーのストックのようなものを使った。先端に返しがついていて抜けにくくなっている。これで体が浮き上がるのを止めながら歩く。靴底にもスパイクがついていて、地面に食いつく仕組みだった。いざとなればバックパックのスラスターもあるが、推進ガスをなるべく倹約するのが美学だった。

ＰＯＦの、あの滑らかな地面はおおむね円形をしていて、そのほとりに立って見ると月の危機の海に似ていた。荒れた地面の境界は思ったほど鮮明ではない。あの最終画像では岩の向こうからイジェクタが吹きつけたように見えたのだが、そんな直線的な、あるいは放射状の地形はどこにも見あたらなかった。視野の外側にある大きな円の一部が、なんとなく直線状に見えたにすぎなかったのだ。

なぜここの表面が滑らかなのかはわからないが、輪郭が円形をしているところは、レゴリスで埋没したクレーターのようにも見える。

蛇行模様が、数メートル先に見えた。

我々はそっと近づいた。

最終画像に写っていた溝は四本だが、ざっと数えても二十はあった。

塵の表面に、溝は切り立った縁を保ったままでいた。幅は五センチから十五センチくらいで、不規則に変化しているものもある。長さは三十センチから一メートルくらい。画像が中断した部分にあった溝は、なんということはない、そのすぐ先で終わっていた。私は深々とため息をついた。

　規則的な蛇行を繰り返す溝はむしろ少なく、単一の弧、もしくは勾玉《まがたま》のような形をしたもののほうが多い。

　隊長の許可を得て、そのひとつを壊してみることになった。

　左手で二本のストックを握り、右手で伸縮式の柄のついた土壌採集器をそっとさしのべる。スコップとしても使える道具だった。

　レゴリスは押し固めた小麦粉のような手応えで、容易に削れた。断面を観察するために、溝を横断するトレンチを掘った。

　採集器の先端についているものさしをあてがう。

　溝の幅は九センチ、深さは四センチ。

　断面をライトで照らしてみる。地層らしきものはなかったが、溝の底から数センチ、少し密度が低いように見える。

「黒田さん、どうですか、ここは」

　隊長が屈み込み、斉藤女史もカメラを向けた。

「溝の底のレゴリスは空隙が目立ちますね。ははあ……最初この溝はU字型だったんですね。そこへ後からレゴリスが積もって底が平らになったようです」

　なんとも不思議だ。

生成当初の姿としてV字谷を想像したことはあったが、U字谷だったとは。

「オートバイでも通ったんでしょうかね……」

「とりあえず、各部のレゴリスを採取してください。年代測定できるかもしれませんから」

「はい」

私は二箇所からレゴリスをすくい、標本容器におさめた。

「いまのお気持ちは」

斉藤女史がおなじみの質問を繰り出した。

「うーん、現場を見ればたちどころに謎が解けると思ったんですけどねえ……」

「いろんな感慨がおありかと思いますが」

「そうですね。……どうもさっきから、頭上が気になってしょうがないんです。百二十メートル上にNEARが浮かんでいて、その写真に自分が写ってるみたいな。自分があの写真の中に来て溝を掘ってるなんて、泣いていいのか笑っていいのか、すごく変な気持ちです」

「足が地に着いてないような？」

女史はいたずらっぽく言った。私は少し笑い、

「ああ、その表現はどんぴしゃ――」

言い終わる前だった。

突然地面の感触が、これまでにない確かさで伝わってきた。

黄褐色の大地が一瞬で消え、漆黒の空だけが視野を占めた。

命綱がぴんと張って、視野が回転した。エロスの地面が頭上から現れた。地面は不鮮明で、黄色い雲のように見えた。

私たちは空中を舞っていた。

私の自転はすぐに止まった。隊長が命綱をたぐり寄せて、こちらの宇宙服をつかんでくれたのだ。

「斉藤さんを引き寄せて」

「は、はい」

私は急いで斉藤女史の命綱をたぐり、相手の装具ベルトをつかんだ。空中で一体になると、隊長が巧みにスラスターを噴射して自転を止めた。

直後、閃光があたり一面を照らした。

南極の地平線の向こうに、輝く光のカーテンが立ち昇ってゆく。地平線に並べたロケット花火に一斉点火したような光景だった。

光はめざましい速度で、放射状に宇宙を染めていく。

起点は地平線の先にあるようだ。

「なーー、なんですか、あれは」

「イジェクタ・カーテンだ！　向こう側にメテオロイドが衝突した。なんてこった――」

まもなく反対側、十キロほど離れた北極側の地平線にも同様の光が現れた。二つの視野を脳裏でつないでみると、イジェクタ・カーテン――隕石衝突時にできる円錐形の噴出――の全容がつかめた。かなり大きなメテオロイドが、こちらのちょうど真裏に衝突したらしい。

私は咄嗟《とっさ》に、プシュケの衝突を連想した。あのときのように、あたり一面が吹き飛ばされるのか？

眼下の地表は一面、黄濁した霧に包まれていた。衝撃で舞い上がったレゴリスだった。その下に地表が見えた。高さは十メートルくらいだろうか。すぐ下の空中には大小の岩塊がレゴリスとともに浮かんでいた。摩擦が小さいぶん、自分たちのほうが高く舞い上がったらしい。

私は少し落ち着きを取り戻した。

ともかく、大爆発で吹き飛ばされているわけではない。プシュケの衝突よりずっと小規模だ。

「矢崎君、そっちは無事か」

「はい、無事です。右のアンカー・ラインがはずれて横倒しになりかけましたが、いま立ち直るところです」

　隊長の視線を追うと、ミウ号の赤い標識灯が塵雲を通して見えた。

　続いてウチノウラ号から連絡が入った。

「調査隊、至急帰還してください。エロスの裏側でインパクトがあったとみられます。この空域を離脱しますので、至急帰還してください」

「了解。いまミウ号に向かうところです。そちらに危険はありますか」

「エロスに遮蔽されているので、いまのところ無事です」

「了解」

「あの、隊長――」

　私は言った。

「すぐに戻るって、まだ調査を始めたばかりですよ。それもこんな奇跡的なチャンスなのに」

「馬鹿言わんでください。じきこっちにもイジェクタが飛んできますよ！」

「衝突はほぼ真裏で起きたんです。高速のイジェクタはもうエロスを脱出してますよ」

　小惑星とメテオロイドの相対速度は平均して秒速五キロメートル。イジェクタの最高速度もそれに近いが、衝突は天体の裏側で起きたのだ。

　惑星学者としては永遠のアマチュアながら、私はエロスにおける軌道運動をひととおり把握していた。

「こちら側に回り込んでくるイジェクタは、せいぜい秒速五メートルです」

「それだって大きな岩が飛んできたら、ただじゃすまないでしょう。いいから戻りましょう。これは隊長命令です」

隊長は譲らない。私は従うしかなかった。

しかしあわてる必要はない。引力圏を脱出しなかったイジェクタが裏側に届くまで、一時間はかかる。

ミウ号の座席に体を固定しながら、私はもう一度言ってみた。

「黒田さん、せめてあと三十分ほど粘ってみませんか。レゴリスが表面を移動する様子が観察できます。こんなチャンスは二度とありませんよ」

隊長は黙ってミウ号を離昇させた。それから、

「あなたも作家なら、人の命を預かる身になってごらんなさい。そんな願いを聞き入れる気になるかどうか」

「私の主人公なら、こういう時は危険を顧みずに観察します」

「小説の話はしてません」

それ以上は抗弁しなかったが、私は後ろ髪を引かれる気持ちでいっぱいだった。このサイズの小惑星を形作るのは、すべて衝突現象だ。その決定的瞬間に立ち会うという夢のよ

うな奇跡が起きたのに、さっさと引き上げるとは。

エロスの地表は背後に遠ざかり、まもなく全体が見渡せるところまで来た。

それは畏怖すべき光景だった。

イジェクタ・カーテンは太陽コロナのような光を放ち、直径数千キロに達していた。太陽系のどこからでも見えるだろう。エロスの近くには速度の遅い岩塊や溶岩が浮かび、さまざまな色彩で閃いていた。地表の粉塵はおおかた鎮まったようだが、まだガスに包まれたように濁って見える。

裏側はちょっとした地獄にちがいない。

すべてが対岸の火事というわけではなかった。こちら側の空間に回り込んでくるイジェクタもいくつか見える。

矢崎氏が緊張した声を上げた。

「左前方に障害物！」

隊長はすぐに回避行動を取った。

赤く輝く、ＵＦＯのような物体が数個、左から右へと流れていった。距離がつかみにくいが、最接近したときで二十メートルくらいだろうか。とすれば大きさはコーヒー皿くらいだ。

「危ないとこだった。ああいうイレギュラーな飛び方をするやつがあるんですよ。全部が全部きれいな弾道になるわけじゃない」

隊長はもちろん私に言ったのだろう。私はそれには答えず、

「斉藤さん、あれ撮って」

「はい、撮ってます」

私もハイ・アイポイントの双眼鏡を取りだして物体を観察した。それは赤熱する溶岩のしずくで、かなり高速で回転していた。小惑星の形状を決める原理が、あの物体にも働いているのだろうか？　小さな円盤は固まりかけて、多少の剛性を持つらしい。軸のぶれた車輪のようにみそすり運動をしている。

「あの……」

言いかけて、私は思いとどまった。

物体を追跡しましょうと進言しかけたのだが、隊長の答はわかっていた。そうなると、あとは想像するしかない。

空から車輪が降ってくる。

あの溶岩の円盤がゆっくり地上に落ちれば——

それが車輪のように転がれば、レゴリスが付着して、後に蛇行模様を残すのではないか。

そのあと低重力下で大きく跳躍するだろうが、あの轍の先を探せば、きっと溶岩の円盤が転がっているにちがいない。

そう確信するのだが。

このさき当分の間、エロスのまわりは大小のメテオロイドに包まれているだろう。変化した地表は安全な距離から熱心に観測されるだろうが、この航海で再上陸は望めない。目の前まで行きながら決定的な証拠をつかめなかった。もう一度上陸すれば、すべて解明できるだろうか。

私はヘルメットの中で頭を振った。

自然は容易に正体を明かさないし、解答には新たな問いをそえるものだ。この峠を越せば、きっと新たな峠が現れる。あの小さな轍の先にあるもの——それは無限の深淵だ。

「いまのお気持ちは？」

斉藤女史がカメラをこちちに向けた。

自分の心にもうひとつスイッチがあったとは、この時まで知らなかった。それはいまオンになったばかりで、生還を喜んだり、名残を惜しむような後ろ向きの気持ちは微塵もなかった。

「探検記を書いて、なんとしてもベストセラーにします」

「それはなぜ」

「やり残したことをするのに、自家用宇宙船を買うので」

付記

一章でのディスカッションは実際にMEF（小天体探査フォーラム）で行われたものを加筆のうえ使わせていただいた。人名は架空のものに変えてある。

本篇は二〇〇一年三月に執筆したもので、それ以降の記述は空想によるものである。

片道切符

ACT・1

私は暇つぶしにモニターカメラの映像を切り替えた。

フロリダの緑野、その地平線近く。しめっぽい空気にかすんで、小さな灰色の煙が立ちのぼっている。

かなり遠い。たぶん敷地の外だろう。ということはそんなに小さな煙じゃない。

私はインカムのトークボタンを押して、管制官《キャプコム》に問い合わせた。

「南西、ビーラインのあたりに上がっている煙はなに？」

『ああ……知らせるほどのことじゃないと思ったんだが、デモの連中だ。この打ち上げをめぐって両派が衝突してる』

「燃えてるのは車？」

『ああ。誰かが駐車中のバンに火をつけたらしい。心配ないよ、弘子。少なくともあれが理由でカウントダウンが止まってるんじゃないから』

隣のシートで夫のウォレンが笑った。

「モンテ・クリスト伯の最後のとこを知ってるか、弘子？」

夫は小声で言ったが、この船の共有区画は静謐性にすぐれていて、ささやき声でも全員に聞こえてしまう。夫が声をひそめたのは私語であることのアピールにほかならない。

「ええと、デュマね。日本語版なら――ああ、そうか」

待て。しかして期待せよ。

「いまがそうだと言いたいのね？」

「そうありたい、とね」

ウォレンは冷笑家だ。

四人で二年以上も缶詰になるミッションで、こんな男がクルーに混じっているのはちょっと不思議だ。周囲に適度のストレスを与える道化の位置づけなのか。あるいは噂どおり、日本人の私と結婚したせいだろうか。

「宇宙飛行士協会が一G用の椅子を要望した話は知ってるか？　◯・四Gでも三Gでもない、まったくの一G用さ。最高級の椅子をハーマン・ミラーに特注する。重くてもいいし、連中に航空宇宙機器の実績がなくたって問題じゃない。なぜなら打ち上げ前に投棄するからだ」

私はくすくす笑った。

果てしなく続く待機時間専用の椅子。悪くない考えだ。

「その提案の欠点は冗談に聞こえることね」

「そうさ。これほど切実な問題はないってのにな」

そのとき、管制官の声がインカムに流れた。

『侵入者は〝ガイアの子〟のメンバーと判明。危険物はすべて回収した。点検を継続中』

「質問が二つあるわ」

船長のアイーシャ・ロードが求めた。

「危険物とは何？　それをすべて回収したと判断したなら、なぜ点検を継続するの？」

アイーシャにはいつも感心する。明瞭な発声。断固たるネゴシエーション。これが船長の資質というものだ。

『危険物は携帯電話つきTNT爆弾、約二十キロ。着信で点火するインターフェースがついている』

「インターフェースとはね」

夫が唇をゆがめる。彼はエンジニアだ。私には夫の脳裏にあるものがわかった。着信を示すＬＥＤからのびた二本の電線。

『点検を継続している理由は、侵入者がそれ以前に別の爆発物を仕掛けていた可能性が皆無ではないからだ』

「二十キロ爆弾を二個もかかえてインディアン川を渡ったとでも？」

アイーシャの声に制御されたいらだちが混じる。

『不可能じゃない。それにもう一個は三キロかもしれないし、三個の一キロ爆弾かもしれないさ』

それから管制官は言い添えた。

『わかるよ、アイーシャ。だが二年の長旅だ、もう二時間待てないわけはあるまい』

「いったい私たちは何度『もう二時間』を聞けば――」

ジョン・ロードが船長の腕に自分の手を置いた。静かに妻の目を見つめ、インカムを通さずに言った。

「管制官はときどき正しいことを言うよ」

ジョンの真摯な瞳に逆らえる者は多くない。

アイーシャは深呼吸をひとつして、交信を再開した。

「これが最後の二時間であることを祈るわ」

『わかってくれてうれしいよ』

「さすがだよ、ママ。忍耐こそ船長の資質だ」

ウォレンが言った。夫は船長をママと呼ぶ。アイーシャは良妻賢母タイプだ。夫のジョンは気取らない質実剛健の人。二人はアメリカのベストカップルといわれている。

火星に向かう四人のチーム。

それが二組の夫婦によって構成されるのは、ジョンソン宇宙センターの一隅にひそむ謎の集団、ヒューマン《H》ファクター《F》・グループの判断だ。異性の混じる四人のチームでは、これが最も安定だという。夫婦間のセックスは許可されている。厳重な避妊の上でなら。スワップその他については公式文書では言及されていない。

船長が女性なのは、これもＨＦグループの深遠な判断によるらしい。男性の船長が他方の夫婦に指図や叱責をすると、余分な心理的抵抗が加わるらしい。そんなものだろうか。女の尻に敷かれるならいいのか？　その場合、男は寛大になろうとするようだ。いずれにせよ、ＨＦグループの判断はクルーにとってデルファイの神託だ。彼らの意見には逆らえない。

アイーシャは四十八歳。ジョンは五十二歳。二人ともベテラン宇宙飛行士で、スペースシャトルのコマンダー経験がある。子供は二人。末の子リサは今年ハイスクールに入った。もちろん任務期間中の子供たちには万全のケアがあるし、毎日ディープスペース・ネットワークを使って対話できる。時差はまぬがれないから、事実上ビデオメールになるのだが。

私たちに子供はない。それは二年後、地球に戻ってからのお楽しみだ。

ウォレンは四十一歳。私は三十六歳。

私には地球低軌道での飛行経験が三回ある。飛行後の評価はいつも高かった。勤勉で従順な、医師にして生物学者。ゼロG下におけるグローブボックス作業の水際だった手並み。

だがそれだけで火星に行けただろうか。

HFグループの快挙とされることのひとつとして、日本人の私が奇跡的に搭乗していることを指摘すべきだろう。日本はこの計画の費用の四分の一を負担した。だから四人に一人は日本人であるべきなのだが、それがたまたま別の候補者の配偶者だったとは、なんたる偶然だろう。この件でHFグループに公然と異議を唱えた者はいなかった。かわりに矛先は私に向けられ、いささか不愉快な思いも味わった。

私が宇宙飛行士に登録されたのは八年前、二〇二五年のことだ。六年前にウォレンと出会った。火星計画に志願したのは結婚後のことだが、他のミッションに比べて格別の情熱を傾けたわけじゃない。宇宙飛行士なら誰でも志願していた。

その当時、日本人飛行士と結婚すれば火星行きの切符を手にしたも同然だなんて噂は流れていなかった。日米間の予算配分は決まっていなかったし、EUとロシアも参加していた。

誓って言えることだが、私とウォレンは何の打算もなく結婚した。私は彼が、他のアメリカ人ほど単純でないところに惹かれた。ウォレンの考えることはわかりにくい。だが、わかってみればたいてい納得がいく。ウォレンのほうも自分を理解する相手が現れて嬉しかったのだろう。つけ加えるなら、彼は贅肉がなくてセックスもうまい。

船長夫妻ほどではないが、私たちはいいカップルだ。

管制官と船長のやりとりが続いている。

『関連施設の総点検を行うかどうか、現在協議中だ』

「お願いだから、シーケンスを三日前からやり直すのだけはやめてちょうだい」

アイーシャはいらだちがぶり返してきたようだ。

『伝えておくよ。だが君たちを万が一にもテロで死なせたくないからね』

「危険はどこにでもあるものよ」

『いまの人類には君たちの火星飛行が必要なんだ。みんなが火星でなにもかもやり直せると信じるためのね』

それは〝支持派〟のスローガンそのものだった。ここの職員にも支持派は少なくない。もちろん、職員なら誰でもさまざまな理由で有人火星飛行計画を支持している。だが、いわゆる〝支持派〟の訴えていることはいまいちクールじゃない。

夫が何か気の利いた皮肉を言うかと思ったが、彼は黙っていた。

血まみれの地球を離れて火星に新天地を拓く。たとえ地球が滅んでも文明のともしびを残す。

それは幻想だ。

有人火星飛行計画は予算の削減につぐ削減で、当初の夢はあらかた消えてしまった。ロシアとEUは三年前に離脱した。

NASAは表向きには明言していないが、人類の火星往還は私たち四人が最初で最後だ。十指に余る紛争を抱えて計画を維持できるほどアメリカも日本も裕福じゃない。

NASAは得意のビジュアルを駆使して将来火星に建設されるユートピアを宣伝してきた。カーボン繊維の支柱と高分子フィルムで作られた巨大な屋根。自律ロボットによる建設作業。あらゆる資源の自給。与圧服を不要にする〇・三気圧の大気。温暖化。緑化。二酸化炭素大気から窒素大気への転換。

そこに暮らす、あらゆる肌の色の人々。テロにおびえることのない生活。

今回の〝窓〟が閉じるまで、まだ二週間ある。私はここで短気を起こすつもりはない。気の済むまで爆弾を探せばいい。

四年前の火星《M》資源《R》利用《U》モジュール《M》の打ち上げを思えば、この程度で済んでいるのは幸運と考えるべきだろう。

NASAは反発を少しでもおさえるために、もってまわった名称をつけているが、MRUMの中心は原子炉だ。核物質の打ち上げには強い反対がある。

この原子炉はペブル型と呼ばれ、一個ずつM&M'sの粒のようにカーボンで包んだ核燃料を使う。制御を失っても決してメルトダウンしないし、格納容器が壊れても放射性物質が拡散することはない。

とはいえペブル核燃料が強い放射線を放つことは事実だし、強度の爆発や衝撃にさらされればカーボン層が壊れないとも言い切れない。環境団体は打ち上げ失敗の危険にだけこだわっているわけではなかった。「ユートピアを核で汚すな」という。火星の過酷な環境を知らない彼らにとって、核エネルギーは悪の象徴なのだ。

有人火星計画には反対する理由はほかにも山ほどある。アメリカも日本も財政難を解消できず、デフレは進行し、失業率は八パーセントを越えている。かろうじて計画が議会に承認され続けているのは、反対を上回る賛成が国民にあるからだ。出口としての火星。安全弁としての火星。

MRUMは無人だから、打ち上げは心おきなく妨害してよかった。うまくすればロケット組立棟や39A発射台の周辺を核汚染して、廃棄に追い込むことも期待できた。

あのときの爆弾は発射台から三百メートル離れた、液体水素のバーン・ポンドに仕掛けられていた。警備の厳重な発射台より、すこし離れた位置で大規模な爆発を起こすほうが手堅いとテロリストは考えたのだった。

妨害活動の裏をかいて燃料注入開始のアナウンスを実際より三時間早く流したのが計画を救った。飛散した破片でロケットは穴だらけになったが、燃料が入ってなかったので誘爆はまぬがれた。

ＭＲＵＭは修復可能だったが、巨大なアレスロケットは使いものにならず、打ち上げは先送りするしかなかった。代わりのロケットの建造に少なくとも八か月かかるが、〝窓〟――火星遷移軌道への投入機会――は二年二か月に一度しか開かない。人類初の有人火星飛行もまた二年二か月の延期となった。

二年前、ＭＲＵＭの再度の打ち上げでは州兵と陸軍が出動して厳戒態勢をしいた。その包囲網をかいくぐって六人と四機の飛行物体が射場に侵入したが、かろうじて施設の破壊はまぬがれた。

ＭＲＵＭは無事発射台を離れ、火星への遷移軌道に乗った。

七か月後、それは火星に到着し、慎重にタイミングを見計らって降下に入った。火星の表面地形は無人探査機の精密マッピングのおかげで五十センチ・メッシュで把握されている。着陸地点は永久凍土層が地表近くにある場所だ。

高度三百メートルでＭＲＵＭはパラシュートを切り離し、ロケット噴射で自重をささえて軟着陸した。

MRUMはまず内蔵バッテリーで原子炉を始動した。原子炉は百キロワット時の電力を化学プラントに送り込む。

ラジコンのブルドーザーのようなロボット、マーズ・クローラーが近くの地面を飽くことなく往復して深い溝を掘り、永久凍土層を削り出して、これも化学プラントに運ぶ。

化学プラントは凍土の水分を水素と酸素に電気分解し、酸素はタンクに貯蔵される。水素は火星の大気と反応させてメタンを作る。

こうしてメタンと酸素からなるロケット燃料が現地の材料を利用して製造できた。これは次に人間たちがここに来たとき、地球に帰還するために使われる。

一足先にロボット工場を火星に送り込んで燃料を現地生産する――これは一九九〇年代に提唱されたマーズ・ダイレクト計画の変形バージョンだった。地球から帰途の燃料を持っていく必要がなくなるので、積み荷は大幅に倹約できる。核ロケットも必要ない。スペースシャトルのメインエンジンを四基束ねた大型のアレスロケットを三機打ち上げるだけで事足りる。宇宙ステーションも軌道上での組立作業も必要ない。

火星のMRUMが所期の働きをしたのを確認すると、次の〝窓〟で帰還船と火星着陸船が相次いで打ち上げられる。

着陸船には私たち四人が乗り、帰還船は無人で運用される。

両船はドッキングせず、編隊を組んで火星をめざし、ともにMRUMの間近に着陸する。

着陸船はそのままベースキャンプになり、火星上で一年間の滞在を可能にする。

そして帰還船にMRUMの製造した燃料を移せば、地球への帰還が可能になる。

この計画では人間が乗った船が最後に出発する。無人の二隻が完全に動くのを確認してから、かけがえのない命とやらを運び出すわけだ。

今回の〝窓〟で、すでに軌道上には二日前に打ち上げられた帰還船が待機している。揮発性の燃料をはじめ、様々な化学物質を搭載した宇宙船は、いうなれば生ものだ。いつまでも軌道上に放置しておくわけにはいかない。

そう、結局このことが管制主任を動かしたらしい。

『ここは度胸の見せどころだな。帰還船が錆びつく前に事を進めるとしよう』

管制官が宣言した。

『諸君、カウントダウンを再開する』

私たちはめいめいのやりかたで小さくガッツポーズをとった。発射台と宇宙船が息を吹き返した。下の方からコンプレッサーの振動が響いてくる。モニターの中で整備棟のアクセスアームが離れてゆく。

独立電源に切り替え。補助動力ユニット《APU》スタート。

メインエンジン、全基点火。出力正常。直後、嘘のようにカウントダウン・クロックにゼロが並んだ。

固体ブースター《SRB》点火。

全長八十メートルの巨象がフロリダの空に進み出た。

バベルの塔だかヤコブの梯子だかを思わせる、あの大量の白煙と燃焼ガスの柱のてっぺんに私たちはいる。地上から送信される映像がそれを知らせた。いい気分だ。

映像はすぐに追跡機のカメラに切り替わった。SRBが仕事を終え、さらに加速。高度百二十キロで着陸船を覆っていたフェアリングを投棄。丸窓に宇宙の闇がのぞき、窓枠の一方が日照でぎらりと輝いた。半年後、同じ窓に火星の赤い地平が紙芝居のように現れるはずだが、ほんとにそうなるんだろうか。実感がない。

二段目の最初の噴射が終わり、高度四百キロのパーキング軌道に乗った。私たちは微小重力のもとで四肢を弛緩させた。最初のクリティカル・フェイズが終わった。やれやれ、テロリストもここまでは追ってくるまい。

これから二日かけてこの地球低軌道でシステムの総点検をする。ひとたび火星に向かうトランスファー軌道に乗れば、もう引き返せない。その前にできるだけのチェックをするのだ。

すべて異常なしとわかれば、まず帰還船が火星に向かう。その噴射が完璧なことを確認して、私たちの船が発進する。これが第二のクリティカル・フェイズだ。

パスすれば、少なくとも火星の目前までは行ける。

ACT・2

「いっちょあがりだ。見てろ」

夫は得意げに言ってバルブをひねった。私は携帯端末を見守る。端末には数万箇所におよぶセンサー網の中からここの配管を選び出してある。冷媒が循環し始めると画面の中のグラフが動いて規定の圧力に達した。それからグラフは単調な水平線を描き、微動だにしなくなった。

「圧力、規定値中央で変化なし。お見事」

へらず口を叩いていても、夫の腕はいい。

「ついでに二階のトイレもみておきましょうか、奥様」

「それはいいから犬小屋のペンキを塗り直してくれる？」

夫は私のひたいを小突き、それから複雑な配管類を眺めた。

「おもらしはしたが、こいつは悪くないシステムだ。これで君の温室と微生物プラントが期待通りに動けば、一生火星で暮らせるぞ」

「それも悪くないね」

「そう思うか？」

夫は片眉をあげていたずらっぽく尋ねた。

「滞在期間が一年じゃ短すぎるもの。四季を知らない農夫がどこにいる？　少なくとも一火星年はいなきゃ」

「道理だな」

私は火星の農夫。この計画で私は生物実験の主任だ。火星に着陸したら地面に膨張式の温室を設営し、野菜や藻類、微生物を育てる。微生物は有機物のリサイクルに欠かせないし、高分子ポリマーを合成する細菌が活動してくれれば、プラスチック素材を現地生産することもできる。どれも実験室レベルではあるけれど、夫はことあるごとに「火星に永住できるくらいに完成度の高い実験をしようじゃないか」と私を煽っていた。

夫はたぶん、火星植民に手が届くことを世界にデモンストレーションして計画の延長をねらっているのだと思う。まるで〝支持派〟に迎合するみたいだが、フライトのためなら悪魔に魂を売るのもいとわないのが宇宙飛行士というものだ。

夫はインカムで船長に報告した。

「こちら電力コンパートメント。冷却配管の修理と清掃を完了した。主系統に戻していい」

『よくやってくれたわ、ウォレン。あなたの功績を地球に報告しておくから』

「ありがたいね」

打ち上げの振動や音響、急激な環境変化はいつも相当な負荷を機器に加える。地球低軌道で私たちがやった修理は四箇所。どうということはない。

四時間後、我々は共有区画に集まり、帰還船の発進について管制センターのGO／NOGO判定に加わった。

無人の帰還船にせよ我々の着陸船にせよ、駒を一つ進めるには双方の状態が万全でなければならない。

こちらはOKだ。いつでも発進できる。帰還船のテレメトリもオールグリーンを伝えている。

全員一致で帰還船の発進はGOになった。管制センターがカウントダウンを始めた。

円錐形の帰還船はこちらと同じ軌道にいて、三百キロ前方に位置している。条件がよければ静止した光点が窓から見えるはずだ。

私はあまり期待せずに窓からその方を見た。

案の定、磨きあげたラピスラズリのような地球光にじゃまされて帰還船は見えなかった。

この距離での地球もそろそろ見納めだから、私はそのまま外を見ていた。

インカムに管制センターの交信が流れていて、帰還船の点火シーケンスが遅滞なく進んでいくのがわかった。各部の配管が点火に先だってウォームアップされていく。

温度、圧力、すべて正常。

点火二分前。窓の外、地球の縁から少し宇宙側に出たところに、白い塊が現れた。塊とともに火の粉のようなものが拡散してゆく。

「え？」

管制センターは『テレメトリ中断。テレメトリの送信が停止した』と言っている。

「なにか見える、弘子？」

船長が訊いた。

「白いガスみたいな……ああやだ、あれはファイヤーボールです！」

船長とジョンがこちらに跳んできた。

『広視野カメラで撮影してくれ』

管制官が言った。

「いまやってる」

夫が答えた。ジョイスティックのついたコンソールにとりつき、カメラの向きを遠隔操作している。

「拡散中だ。満月の倍くらいに拡がって見える」

球状星団のようなファイヤーボールの中で、なにかが赤や緑の閃光をまき散らしながらネズミ花火のように回転していた。

「全員与圧服を着用して」

船長が命じ、彼女自身はコンソールのキーパッドを押し始めた。

「回避行動をとるべきかしら。破片はどれくらいの速度になったと思う？」

ジョンがスーツの着用を後回しにしてアシストする。

「あらゆる速度だ。問題は分布だが……回避しようにもメインエンジンは使えない」

「なぜ？」

「帰還船はメインエンジンの始動準備中に爆発したんだ」

アイーシャは眉間にしわを寄せた。こちらもまったく同じ型のエンジンを使っている。

「考えてなかったわ」

「船首をあちらに向けてデブリの第一波をやりすごそう。第二波はしばらく先だし、ヒット率はぐんと低い」

「そうね。あなたはダストカウンターをアクティベートして」

「わかった」

アイーシャは画面の中の宇宙船をジョイスティックで回転させ、実行キーを押した。船体が設定どおりに回転し始め、比較的丈夫な船首側を破片の飛来方向に向けた。

それから船長夫妻は壁際のラックに固定してある与圧服にとりついた。これは減圧に備えるだけの簡単な船内用宇宙服で、数分で着用できる。

それからしばらく、私たちは耳をそばだてた。

窓を雨粒が叩くような――あるいはもっと破壊的な音がするのを恐れたが、衝突を検出したのはダストカウンターだけだった。それは宇宙塵との衝突頻度を調べる装置で、爆発からおよそ十二分後にピークを描いた。衝突したのはミクロン単位の破片ばかりで、船体への損害はなかった。

地球からは、今後の対応を協議するからそのまま待機せよという指示がきた。帰還船のテレメトリを解析して原因を調べるという。もちろんそうだろう。

『指示があるまで与圧服は脱がないでくれ』

「破片が衝突する危険はほとんどないと思うけど？」

『破壊工作の可能性がある。君たちの船にも爆弾が仕掛けられているかもしれない』

「そうだったわね」

エンジンをウォームアップしなくても、起爆する可能性はある。アイーシャは交信を終え、それから思案顔になった。

「アセンブリ工程にテロリストが紛れ込んでいたか……」

「そうなのか？」

ジョンが尋ねた。

「あれが破壊工作だとするなら。打ち上げ後何日も経ってから確実に作動する爆弾を仕掛けるなら、船が組立棟の中にあるうちでないと」

「組立棟は厳戒態勢だったし、全作業員が出入りを記録されている。僕らでさえ顔パスでは通れなかったろう？」

「でもあの場所じゃ監視カメラは死角だらけだし、正規の作業員だってテロリストでありうるわ。二〇〇一年のテロを覚えているでしょう？　ハイジャッカーはアメリカに住んでいた。長くアメリカ文明を享受しながら信念を曲げず、カミカゼ攻撃に身をゆだねた――ああ、ごめんなさい」

アイーシャは私を見て詫びた。

私は小さく頭を振って受け流す。気になったのは〝カミカゼ〟よりむしろ〝アメリカ文明〟なのだが。

そこで暮らせば誰もがアメリカのとりこになるとでも？　資源の浪費。権利の主張。銃器の蔓延。でも結局、私はアメリカが好きだけど。

「まだテロと決まったわけじゃないだろう」

「NASAはもう何年も、前触れもなく爆発するような無様な失敗をしていないわ」

「それはそうだ。ともかく地球の分析を待つとしよう」

「そうね」

ため息をひとつついて、船長は言った。

「みんな聞いていたと思うけど、第二波の衝突は九十分後から始まる。でもこの位置に戻ってくる破片はごく少ないから、もう危機は去ったと考えていいでしょう」

「危機は去ったさ」

ジョンが静かに言った。

「だが、これで火星行きはなくなった」

拳を握りしめ、架空の壁を打つ。

しばらく誰も口を開かなかった。船長が沈黙を破った。

「まだ仕事は終わっていないわ。気を張っていきましょう」


メインエンジンの酸素系統に破壊工作の疑いがある。現在の軌道を維持して爆発物を船内・船外から捜索せよ。


四時間後、地上からこんな指示が届いた。

たぶんそうなると言われていたから、すでに私とウォレンは船外活動服に着替えて予備呼吸に入っていた。私たちはエアロックを出て、ハンドレールをつたいながらツナ缶のような着陸船の下部にまわった。

推進モジュールにとりつき、夫がアクセスパネルのボルトをゆるめている間、私は下界を眺めた。

大きな島が流れてゆく。カリマンタン島。

密林から青白い煙が幾筋もたなびいている。焼き畑はとうの昔に禁止されている。あれは地雷を焼き払うための火だ。

環境過激派が開発した〝緑の地雷〟は航空機から散布される。地雷は着地すると蜘蛛の巣状のセンサーを樹間に張りめぐらせ、人間だけに反応する。触雷すると金属片をまき散らす。高熱はほとんど出ないから、山火事の原因にはならないと言われている。

緑の地雷は伐採や動植物の違法採取に携わる人々を森から閉め出せる。だが地雷は地元民やレンジャーを区別しない。

ブルネイの人々は森もろとも地雷を焼き払おうとしている。山火事は地雷のないインドネシア領内にも延焼している。そこでインドネシアとブルネイの間に紛争が始まった。

焼け跡に再度地雷が散布された。新たな樹木が育つまで山火事を起こすこともできない。この紛争に終わりがあるのか、誰にもわからない。

私たちは秒速七・六キロで太平洋を渡ってゆく。

ハワイ諸島にさしかかった。ここにも煙があった。カリマンタンの青い煙にくらべると、こちらは黒ずんでいる。

私はオアフ島の平野部に目をこらした。一筋の太い煙の根元には、破壊しつくされたホノルル空港のターミナルビルと周辺施設がある。誘導路に残る黒いすすまで見えた。

常夏のリゾートが民族紛争の火種を宿していたとは。

一人の指導者がポリネシア文明への回帰を煽動し、白人や東洋人までが参加した。観光収入がハワイ州の財政基盤だったのに、いまや渡航する民間人はマスコミだけだ。

「テロこそ人類のよき友さ」

夫が言った。私の視線を追ったらしい。

「人間の最たる欲求ってのがなんだか知ってるか。食と性を除けば、他人の仕事にケチをつけることだ」

「ケチ？　ああ、難癖をつけることね」

夫のアメリカ俗語にはいつも面食らう。

最初はあまたの評論家について語っているのかと思ったが、そうではないらしい。これは広範囲をカバーする考えかもしれない。他人の仕事にケチをつけたがる人間の本性が、いかに多くのいさかいを生んでいることか。

「気にくわない仕事はぶち壊す。それがテロってわけね」

「直接にぶち壊すのがな。間接的になら、芸術だってテロだ。誰かの仕事を『あんなのはもう古い』と言わせてぶち壊す」

「でも難癖をつける欲求がテロを引き起こすというのは、当たり前すぎて説明にならないわ。トートロジーじゃない？」

「トートロジーでしか語れないなら、そこが終点なのさ」

アクセスパネルを固定するボルトがすべてゆるんだ。

夫は無造作にパネルを開いた。爆弾が仕掛けてあるかもしれないのに。

「君は離れてろ、なあんて言ってくれないのね」

「英雄になるチャンスは男女均等じゃないとな」

「それはどうも」

帰還船の爆弾をトリガーしたのは、タイミングからすると燃料配管のウォームアップに関連した何かだろう。ヒーターか、圧力センサーか。犯人は推進システムに通暁《つうぎょう》していて、帰還船がパーキング軌道を離脱する直前に爆発するロジックを組んだ。

「でもあんな手のこんだことをするより、組立棟で爆破したほうが早いんじゃない？」

「それじゃ大勢死者が出る。こちらが軌道に出てから帰還船を壊せば、すべてのハードウエアが消費されたうえ、人だけは助かるって算段だ」

「テロリストにしちゃ人道的ね？」

「人間いろいろあるからな」

「じゃあこっちに爆弾を仕掛ける必要はない？」

「たぶんな」

私たちはメインエンジンに燃料を供給する配管のジャングルに入った。軌道上メンテナンスが想定されているので、かさばる宇宙服を着ていても入れたが、内部はかなり狭かった。

「君はヘリウムタンクのほうを」

「了解」

私たちは四時間ほどジャングルの中にいた。

結局、爆弾は見あたらなかった。

「こちら船外チーム。エンジンまわりに不審物は発見できず。これより船内に戻る」

『了解』

答えたのはジョンだった。

エアロックの内扉を開け、宇宙服を上下二分割して脱ぐ。

普通なら宇宙服の着脱は船内の二人がサポートしてくれるのだが、エアロックの前には誰もいなかった。

共有区画も無人だった。夫は壁のキッチン設備を開き、レモネードをストローで飲みはじめた。

「弘子もどうだ。喉かわいたろ」

「後でいいわ」

私はミッドデッキに行って、あたりを見回した。

燃料電池室の扉が開いていて、そこから嗚咽《おえつ》がもれていた。

そっと首をのばして中をうかがう。

泣きじゃくるアイーシャを、ジョンが無言で抱きしめていた。

「もう十五年――」

アイーシャのもらした一言で、私にも文脈がつかめた。

彼女はこの計画に発足当時から関わっていた。まだ火星飛行など夢のまた夢といわれていた頃だ。私がヒューストンに移り住んだ頃、アイーシャとジョンはペブル型原子炉の打ち上げを議会に承認させるために骨身を砕いていた。

私はそっと後退し、共有区画に戻った。

ACT・3

「みんな聞いて。地上からのお達しよ」

翌日の昼食後、アイーシャは皆を共有区画に集めて言った。もう、いつもの船長だった。

「ご承知のとおり、火星飛行はキャンセルされる」

もちろん、そうだろう。

帰還船に予備はない。作り直すには何年もかかる。そのあいだ、この着陸船をスペースデブリまみれの地球低軌道上で保管することはできない。仮に持ちこたえたとしても揮発性の燃料を再充塡しなければならない。軌道上で燃料補給するには新たな技術開発が必要だ。結局、この着陸船も遺棄するしかない。地上で同じものをもう一度作って打ち上げ直したほうがまだましなのだ。

「乗員輸送船とのランデヴーは二週間後になるわ」

この船は火星には着陸できても地球には降りられない。地球低軌道でミッションを中断する事態になったら、日本の乗員輸送船が迎えに来るのを待つ。

これは事前に設定されていたアボート・プロトコルのひとつだった。着陸船を軌道上に遺棄し、全員が帰還する。二週間も待機するのは、必要が生じてから乗員輸送船とロケットを組み立てるためだ。もちろんこれしきの待機など火星船にとっては苦もないことだ。

「待機期間中は火星上で使われるはずだった各システムの運用実験を可能な範囲で行う。実験スケジュール、手順書は現在作成中。明日までに送信されるとのこと」

まあ、そんなものだろうな、と私は思った。

地球低軌道と火星表面の環境は全然ちがう。しかし機器のいくつかは宇宙空間でも使える。なにもしないよりはましだ。少なくとも、私たちの気を紛らわせることにはなる。

アイーシャは私の心を読んだように言った。

「気をゆるめないでいきましょう。私たちは書類審査を通過した五万人から、おもに忍耐力によって選ばれたスペシャリストよ。待つことにかけては世界でも指折りの適性を持っている。次のチャンスを待ちましょう」

ジョンと私はうなずいた。それが大人の態度というものだ。

夫はちがった。

「往路の切符は健在だぜ、ママ」

「ウォレン、お願いだから――」

アイーシャはほとんど反射的に言った。そのことはすでに心の中にあったのだろう。

「それはあまりにカミカゼ、いえ、無謀だわ」

「そうとは思えないな。判断材料を提供したい」

夫は言った。

「火星のペブル原子炉は出力を半分に落とせば十年は楽に稼働できる。技術者たちはそう言っている。公式に保証しないのは、必要以上に長持ちするとオーバースペックだと批判されるからだ。

電力があれば酸素供給と温度維持ができる。温室で藻類と大豆を育て、微生物プラントで排泄物をリサイクルすれば最低限の生存に必要なアミノ酸のジュースが作れる。もちろんグルメの欲求は満たせないがね。

微生物実験のフェイズ２では高分子フィルムの合成を試す。主な材料は炭素だから、火星上の資源が使える。これで温室を増築できるし、発電風車を組み立てることもできるだろう。原子炉と太陽電池がだめになっても、電力を自給する見込みはあるわけだ」

私の脳裏で何かが警鐘を鳴らした。

これはどこかで聞いた話だ。

「病気にかかったら」

アイーシャが冷静に指摘する。

「感染ということなら、火星はこの上なくクリーンだ」

「ほかにもさまざまな障害があるでしょう」

「まず十年生きることを考えるんだ。俺たちは二年以上のミッションを無病息災でいられるよう選《え》りすぐられたメンバーだ。それが十年になっても大差ない。それに十年あれば地球は行動を起こすかもしれん」

地球が行動する？　次の船を送るということか？

「政府がそれを許すはずはないわ。二〇二三年の大統領演説を覚えているでしょう？　〝我々は国際協力のもと、火星というニューフロンティアに人を送り、安全に連れ戻すことを証明してみせる〟――つまり帰還できなければメンツが立たない。命令に従わなかった無法者に、政府が追い銭を払うと思って？」

「それでも十年は生きられるんだ、ママ」

夫は言った。

「あと三十年かそこら、地球で余生を送るのとどちらがいい？　地球で待てば、またチャンスが来るのか？　好きなだけパイやステーキや七面鳥を食べたいから地球がいいのか」

「ウォレン」

私は割り込んだ。

「想像してみて。子供を残して行ける？」

「わからんさ。だから話し合ってるんだ」

「この船は合衆国と日本の財産だ。それを持ち逃げすれば、子供たちは犯罪者の親を持つことになる。それだけじゃない、宇宙飛行士は国民の信頼を失う」

ジョンが言うと、夫はすぐに反駁した。

「だが実際にはミッションをキャンセルするほうが財産の無駄遣いだ。火星に行けば帰還船を除くすべての装置が実験できるし、火星探査も実現できる。火星の石を持ち帰れなくても、情報はすべて送信できる。

管制センターにだって潜在的な支持者は多いだろう。『こちらからは言い出せない。だけどあの四人がそう言うのなら……』とね。あるいは『許可はできない。だがあの四人が反対を押し切ってくれさえすれば』と。もし言いつけどおりに地球に戻れば、俺たちを迎えるのは失望と軽蔑のまなざしだ」

「その言い方はフェアじゃないわ」

　アイーシャが断じた。

「私たちがそのような葛藤にさらされること自体が間違っている。宇宙飛行士は遠隔マニピュレータに徹するべきであって、自意識がついてくるのはボーナスにすぎない。よけいな気配りをせず、ただミッションを遂行すればいいの」

「そいつは宇宙飛行に国が傾くほどの予算が要《い》るとわかってからできたルールだ。だがそうじゃないだろ。ほんとはそんなもんじゃない。科学のためでも国家の威信のためでもない。経済効果や教育のためでもない。人が宇宙に出る意義は、人間の精神を宇宙に持ち出すことにある。俺たちはロボットじゃない。俺たちは人間だ」

　ジョンの表情が、かすかに動いた。

　彼はふわりと席を離れ、アイーシャのもとに寄った。

　そして、ささやくように言う。

「失われるのはスキンシップだけだ」

「ジョン！」

「二人はもう高校生だ。事故で死別する可能性については十分に言い含めてきた。無事に帰還したとしても、発ガン率はかなり高い。それにいつでもビデオメールをやりとりできる」

「それはNASAが万全の生活保障をする前提があったからよ」

「仮に我々の財産が没収されても、叔父が二人の面倒をみてくれる」

「二百億ドルを強奪した泥棒の子供として生きるのよ？」

「いや、それについてはウォレンの言うとおりだよ。僕らは二百億ドルの計画を救うんだ。世間がどう言おうと、二人はきっとそう考える」

アイーシャは夫から目をそらし、頭をゆすった。

「だ——だめよ、できないわ。船長としてそれを許可するわけにはいかない。私の第一の使命はみんなを安全に地球に連れ戻すことなんだから」

「火星は月とはちがう。往還することではなく、移住することが重要なんだ。汚れのない新天地に根を下ろして、人類の進む道を示すんだ」

「お願い、ジョン。鋼鉄の理性を持つ男はどこへ行ったの？」

「僕は冷静だ」

「みんな——」

アイーシャは夫から顔をそらして言った。

「ここまでにしましょう。一度クールダウンして、また話し合うの。まだ地球には何も言わないで。私もそうするから。午後は各自で点検と日報の作成にあててちょうだい」

アイーシャは席を離れ、私室に入った。

私はジョンに言った。

「あなたが同調するとは意外だったわ」

「何年も火星を夢見てきたんだ、思うことは同じさ。だが僕らは君たちほど身軽じゃない。考えなければいけないことがたくさんある。それはわかってほしいな」

「アイーシャがあくまで反対したらどうする？」

「妻に味方するさ。もちろんそうだろう」

ジョンは愛妻家だ。そうでなくても、妻の反対を押し切って缶詰生活を続けるのはやりきれないだろう。

「君はどうなんだ」

「私も亭主に味方する、かな。ああ、言っておくけど、あたしたちが身軽だなんて思ってほしくないな。そちらより若いぶん、余生が長いでしょう？　次があるとすればクルーに選ばれる可能性も高いし」

「すまない、『身軽』は取り消すよ。しかし二対二になると、面倒だな。そうなったら君はどうする、ウォレン」

夫はにやりと笑った。

「実力行使に出る、と言ったら？」

「こちらも実力で応じるしかないが」

「そのほうがいいかもしれん。この船は二人でも動かせる。二人のほうが生命維持に有利だよな」

ジョンの目にちらりと怒気が宿った。

「本気なのか」

「言ってみただけさ」

相手を試す言い方。夫の嫌なところだ。

「ウォレン、二人でって話なら私は反対するわよ。それはあんまり寂しすぎるから。そして私がいなければ温室も微生物プラントもうまく動かないと思う」

「痛いところをついてきたな。さすがわが妻だ」

夫はまた、にやりと笑った。

まったく嫌味な男だ。だが夫の提案によって、この缶詰生活が面白くなってきたことは確かだ。面白いことにならなら、私は賛成する。

夫は席から体を浮かせた。

「部屋に戻るとしよう。続きはディナー・タイムだ」

ACT・4

着陸船のアッパーデッキには円周にそって五つの部屋がある。共有区画をはさんで、左右に二つずつの個室。隣り合った二つの個室は仕切りを外すと一続きのスイート・ルームになる。これを夫婦ごとに使うわけだ。

個室は電話ボックス二つぶんほどの空間しかないが、火星での生活に備えてハイテクのベッドが備え付けてあった。ベッドは五つの蝶番で結ばれたキャタピラのようなもので、自在に角度と弾力性を変えられる。

慣性航行中はベッドは特に必要ない。火星の〇・四G環境では必要だが、寝返りを打つ必要はないと言われている。

ではセックスはどうなのか。これは難しい問題だった。

放物線飛行では時間が短すぎるし、宇宙ステーションに持ち込んで実験する予算は出なかった。結局、技術者たちはベッドの上の低い天井に等身大のエアバッグをとりつけることで問題を片づけた。これはもちろん、ゼロGでも使える。いまのところ、テストはしてないのだが――

個室で日誌をつけていると夫が個人通話で話しかけてきた。

「弘子、エアバッグ関連をテストしようぜ」

「グッドアイデアね」

私は仕切りのロックボルトを外した。スイートはひとつながりになった。夫はもう服を脱いでいた。

私はつなぎの船内服を脱ぎ、ショートパンツを脱いだ。浮遊する服を丸めてロッカーに押し込む。

「よしよし、あとはやりながらいこう」

夫は前戯のあいだに脱がすのを好む。

「洗濯の量と頻度が上がるわ」

「かまうもんか、奥様。なんのための閉鎖生態系だ」

夫は私をつかまえてベッドの上に体を保持し、壁のスイッチを押した。エアバッグがゆっくりと膨らんできた。自動車のそれのように、瞬時に膨張するのではない。室内の空気をポンプでバッグに移すだけだ。

それぞれの背中をベッドとエアバッグに押されて、私たちはぴったりとサンドイッチになった。夫の無精髭と肋骨、腰骨の感触を味わう。

「ふむふむ、なかなかいいじゃないか」

「うん、いい感じ」

Tシャツとブラを外し、ひとしきりキスを交わしたあと、夫は問題提起した。

「だがここからバックを攻めるときはどうする」

「待って。なんとかする」

「エアバッグを少し減圧するか」

「そうして」

私は体を裏返そうとしたが、はずみでサンドイッチ構造から空中にこぼれてしまった。

「おおっと逃げるなよ。夫婦の危機か？　おーい？」

「いま戻るってば。ああ……手伝って。腕を引いて」

「かわりに足を引いたらどうなるかな」

「ちょっと、きゃあ！」

私は足からサンドイッチに引き戻された。その体勢で、できることを試してみる。

私たちはすっかり汗だくになって正常位に戻った。

「ふむむ、やはり実験は重要だな。このシステムには要望事項がどっさりあるぞ。まずほしいのはガードレールだ」

「エアバッグの感圧フィードバック機構。それからベッドのバイブレーター。1／fゆらぎのあるやつね」

「ベッドの配置もだ。壁際じゃなく中央に置きたい」

「でもさ、とにかくやれたよね」

「ああ、やれたな。趣向としちゃ、けっこうイケてた」

「システムの欠陥は技で克服できるんじゃない？」

「そうだ、その通り」

私たちは笑い声をあげ、またキスを交わした。


スポンジで汗をぬぐい、軽く消臭スプレーをかけて、私は個室を出た。

共有区画に行くと、アイーシャが壁面のキッチンを開いて、ゼロGレーションをレンジに押し込んでいるところだった。彼女は当番でなくても主婦らしい仕事を進んでやりたがる。

私はその横顔を見つめた。肌がかすかに上気していて、髪に湿り気がある。

私はぴんときた。年長組も同じ実験をしたのだ。

アイーシャもこちらを見て、気づいたようだった。

「どうだった、あなたのほうは？」

彼女から尋ねてきた。

「たとえば、エアバッグについて?」

「ええ」

「完全ではないけど、所期の機能を発揮したと思う。そちらは?」

「答えはイエス」

私たちはくすくす笑った。アイーシャは食料品のロッカーを開けた。

「デザートは何にしましょう。生鮮品がよさそうね?」

「もうちょっと待ってもいいんじゃない?　もっと飢えた頃にまわしたほうが」

生鮮食料品は宇宙飛行の始めに消費する、ちょっとしたボーナスだ。風味が落ちない限り、できるだけ長く持たせたい。

「いろいろ話し合うことがあるから、今日は奮発したらどうかと思ったんだけど」

なるほど。こういう気配りができるあたり、古き良きアメリカのママと言われるだけのことはある。

私たちは一人に一個のりんごを出すことで一致した。

それから私は言った。

「問題児の妻として、私にしてほしいことはある?」

「私はウォレンが問題児だとは思ってないわ。なんたってHFグループが太鼓判を押したんだから」

「でも意見は一致してない」

りんごを磨きながら、アイーシャはふっと笑みをうかべた。

「そうでもないわ」

「そうでもない？」

「なんだかね。片道切符も悪くないかって思えてきて」

「へえ？」

「なんとなくね。ちょっと暴れてみようかって」

「なんでまた！」

「だからなんとなくよ」

信じられない。

理由はひとつしか思いつかなかった。

セックスによる充足。食と性の欲求を満たして、あとは野となれ山となれか。夫の説が正しければ、次なる欲求は他人の仕事にケチをつけることだが――幸いにも今日は仕事がない。

火星への片道飛行は満場一致で採択されたから、夕食は楽しいものになった。

デザートのりんごをかじりながら、私たちは計略を練った。

地球がこれを許すことはありえない。船は地球から遠隔操作できる。それを阻止するためには制御ソフトウェアのあちこちに〝鍵〟をかけなくてはならない。船に搭載されているソフトウェアは地上からでも書き換えられる。想定外のトラブルが起きる可能性は常にあるからだ。

「この船を制御しているのはメイン・コンピュータだが、その上位に立つモジュールがある。非常用のコマンドサーバーだ」

夫は説明した。

「こいつは独立したプログラムと電源で動く。三重冗長をダブルにしていて、絶対に壊れないとされている。ウォッチドッグ・タイマーでシステムの異常を知ると、コマンドサーバーはメイン・コンピュータをセーフモードに移して支配する。そして低利得アンテナで低速のデータ通信をはじめる。地球はこれを通して好きなプログラムをメイン・コンピュータにアップロードできる」

「そのコマンドサーバーを止めればいいわけね？」

夫は首を横に振った。

「俺たちは信用されてないんだ、ママ。クルーが発狂して船を暴走させるかもしれん。まあ今だってそんなもんだよな？」

三人は神妙な顔で聞いていた。

「相互監視機構ってやつがある。コマンドサーバーが止まり、かつメイン・コンピュータが動いていると、メインのほうで異常を悟って自分自身をセーフモードに移す。乗員の操作はいっさい受け付けず、通常の通信リンクを使って地球からの指令だけに応じるようになる。メイン・コンピュータの相互監視プログラムはプロテクトされていて、俺たちには書き換える権限がない」

「そんな仕掛けがあるとは聞いてないぞ」

ジョンが言った。

「俺もだ。だが地上にいるうちに気づいた。ソースリストを読めばわかる」

「それで、どうすれば裏をかけるの？」

「気づいてすぐにソースを書き換えたさ。宇宙飛行士をなめるんじゃねえぞ、ってな。テストで気づかれないように、相互監視が無効化されるのは打ち上げ後になるよう条件をつけておいた」

アイーシャが眉をひそめる。

「ウォレン、あなたこの事態を予想していたの？」

「なに、ほんのいたずら心さ。システム主任が気づくかどうか試そうと思ってな」

船長の判断で、決行は翌日にした。彼女もまた、自分たちを信じていなかった。だから一日冷却期間をおいて考えが変わるのを待ったのだった。

私たちはその夜もエアバッグを使い、新たな体位を四つほど編み出した。

ACT・5

翌朝――時計上のだが――私たちはすがすがしく目覚めた。

船長夫妻が夜をどう過ごしたかはわからないが、朝食のテーブルを囲んだときは、あちらもすがすがしい顔をしていた。

私たちの考えは変わってなかった。

アイーシャは宣戦布告の前に、子供たちと話すことにした。地上に要望すると、管制センターはリサとヘクターを携帯電話で呼び出し、通信回線に接続した。

打ち合わせでは、コマンドサーバーを殺すのは十分後だ。私と夫は階下のアビオニクス・ベイに移動した。

奥まった場所にある二台のコマンドサーバーを引っぱり出し、バールで筐体《きょうたい》をこじあける。

コマンドサーバー自身の状態は二秒おきに地球に送信される。昨夜、夫はそんな説明をした。

つまりコマンドサーバーが沈黙すれば、ただちに地球はそれを知る。この時が宣戦布告になるわけだ。

時間が来ると私たちはその電源ケーブルをすべて切断した。

一抹の不安があったから、私たちは息をつめてあたりを見回した。船がセーフモードに入れば、照明がすべて消えて非常灯が点灯するはずだ。

何も起きなかった。夫はにやりと笑った。

「ざっとこんなもんさ、奥様」

「でも年長組、子供たちと話して気が変わってないかしら」

夫は真顔になった。

「そいつはちょっと気になるな」

私たちは階段の手すりをそっとつたってアッパーデッキに上がり、共有区画の様子をうかがった。

通信コンソールにかがみこむ二人の背中が見えた。

アイーシャは少し声をふるわせていたが、愁嘆場というわけではなかった。

「……だから私たち、やれることはすべてやろうって決心したの。それがたぶん、世界に希望を与えることになる」

ジョンとアイーシャの肩越しにスクリーンが見えた。分割された窓に二人の子供と管制官の顔が映っている。管制官は話が妙な方向に進んでいるのを不審そうに見守っていた。

管制官が急に会話に割り込んだ。

「アイーシャ、待ってくれ。緊急事態だ。そちらのプライマリー・コマンドサーバーが停止している。どういうことだ?」

「相互監視システムのことなら、ある方法で解除してあるわ。こちらが何をしようとしているのか、もうわかるわね。私たちは火星に行くことにしたの。リサ、ヘクター、私たちの身勝手を許してちょうだい。あなたたちの面倒はジェフリー叔父さんがみてくれるわ」

「わかったよ、ママ。それがいいと思う」

長男のヘクターがあっさり答えた。

「僕らのことは心配しないで。通信はできるんでしょう?」

「NASAが許してくれたらね」

「許すにきまってるわ。もちろん。ママもパパもいいことをしてるんだもの」

これはリサ。すこし涙声だ。

さすがはアイーシャとジョンのジュニアだ。見事にしつけられている。

「いいこととは言えないんだ、リサ」

父親が言った。

「規則を破ってるんだからね。だがいろいろ考えて、パパもママもこうするのがベストだと結論づけたんだ。どれだけ生きられるかわからない。フロンティアはいつも死と隣り合わせだ。アメリカはそうして築かれた。何人犠牲者が出ようと、火星にも必ず根を張るだろう」

ジョンはあまり会話を長引かせなかった。最後に管制官に軌道離脱の時刻を伝えて、交信を終えた。

管制センターはそれからも執拗に説得をしかけてきたが、私たちは応じなかった。

席についた私たちは手分けして全システムをチェックし、軌道変更シーケンスをスタートさせた。

推進系統がウォームアップするのを、私はほんの少しだけ緊張して見守った。

大丈夫なはずだ。この船に爆弾は仕掛けられていない。

地上からの声を除けば、まったく順調だった。

メインエンジンが点火した。紐で結び止めてあった電子クリップボードがふわりと落ちて、コンソールの下でゆっくりと振り子運動をはじめた。〇・二G。燃焼正常。

船は地球低軌道を離脱した。

慣性航法装置が地球脱出速度を示し、さらに加速する。

燃焼は二十分間続いて完了した。

「ポイント・オブ・ノーリターンを越えた。とうとうやっちゃったわ。だめ船長ね！」

アイーシャは頬を紅潮させ、嬉しいとも悲しいともつかない表情を浮かべていた。

私たちは窓辺に群がって、半月状の地球が肉眼でもわかる速さで小さくなっていくのを眺めた。

「飢えてくればきっと後悔するでしょうね。それから、病気にかかったり、あちこちが壊れ始めれば」

アイーシャが感傷的に言う。励ますのはジョンの役目だから、私とウォレンは黙っていた。

「そうなる前に、きっと次の船がプリマスを出航する」

「そうかしら」

「勝算はあるんだ。世論は僕らの味方につくだろう。この世紀、日常の維持に腐心するあまり、アメリカ人は冒険をしなくなった。飛行機はもちろん、バスに乗るにもボディチェックの行列ができるのを当たり前に思ってる。かつてアメリカがフロンティアだったことを、僕らは思い出させたと思う」

「子供たちにもそう言ってたわね」

「ああ。フロンティアにはあらゆる危険が待ちかまえている。だがひとついいことがあるな」

「なあに？」

「僕らの行く手にはテロリストがいない」

ジョンはふっと笑みを浮かべた。

「少なくとも、いましばらくは」

「そうね」

アイーシャも微笑む。

「それだけは確かね」

私はウォレンのほうをうかがった。彼は私の視線を捉えて、おや？　と言いたげに親しげなウインクを返した。それからちょっと唇をゆがめてにやつき、

「すまんがそうじゃない。爆弾犯人はこの俺だからな」

そう言った。

アイーシャが顔色を変える。

「ウォレン、いまなんて――」

「俺が帰還船を爆破した。ご明察通り、最終リハーサルの日に組立棟に忍び込んでね」

あんぐり口を開けた年長組に、夫は目を細めて何度もうなずいてみせた。

まったく退屈しない人だ。

先に硬直を解いたのはジョンだった。

「ウォレン、君は……火星飛行をこの一度で終わらせないためにこんなことをしたのか」

「そうじゃない」

「じゃあなぜだ」

「昔からフロンティアにゃ落伍者や囚人や奴隷やネイティブもいたってことさ」

「どういうことだ？」

「有人火星飛行がこの一度きりじゃ意味がないって点じゃみんな一致してる。だが俺はほかにも気にくわんことがいっぱいある。なにより気にくわんのは火星に清新なユートピアを拓き、人類の進む道を示すというNASAのもってき方だ」

「方便は宇宙計画にはつきものだろう」

「その方便がけっこう効いてるのが気にくわん。一度きりのチャンスなら俺は勝手を通したい。人間の精神を宇宙に出すってのはそういうことだ。人が人らしくある限り、行く手はすべて血塗《ちまみ》れだ」

「帰還船を壊すなら、なぜ火星に着いてからにしなかったの？　いろいろ利用できるものが積んであったのに」

　アイーシャが訊いた。

「火星でやっちゃ、そっちに選択の機会を与えられないだろ。これでも何年もいっしょにやってきた間柄だからな」

「そこまで思いやってくれるなら、壊す前に話し合おうとは考えなかったの？」

「一致するとは思えんね。最良の選択肢があるうちに俺がわがままを言っても、あんたは認めないだろう？」

アイーシャは答えず、かわりに私を見た。

「驚いていないわね。知ってたの、弘子？」

私は首を振った。

「夫は一言も言わなかったわ。でも気づいてた。帰還船をあんなふうに爆破できる人は限られてる。知ってる人かもしれないって思って、つらつら考えてたら、ぴんときたの。温室や微生物プラントの検討をするとき、ウォレンはいつも『一生火星で暮らせる完成度にしようぜ』って言ってたから」

「それでも彼についていこうと思ったの？」

「ついていくかどうかじゃなくて、そういうのが混じってるのもありかなって思った。火星に入植する最初の四人のうち一人がテロリストだったなんて、歴史のいいスパイスだとね」

「私たちが火星でやせ細って死んでいくときも、そう思えるかしら」

「わからない。もしそうなったら、たぶん言えない。でもそんな先のことより、いま話し合うべきことがあるんじゃない？」

「なに？」

「ウォレンがしたことを、地球に報告するかどうか」

私は夫に向き直って言った。

「あなたはそうしたいんでしょう？」

「ああ。地球にケツまくってみたい気分だな」

「喜ぶのはインテリだけだ。世論の支持が得られなければ、次の船は出ない」

ジョンが言下に断じた。

「なら年長組で決めてくれ」

夫はまた、にんまり笑った。

「嘘をつき通すか、正直になるか、悩むとこだよな？」

「考えてみよう――」

ジョンは左手で近くの座席のヘッドレストをつかみ、右手を壁の手すりから離して、拳を固めた。

「だがその前にいっぺん殴らせろ」

答える間も与えず、ジョンは手加減せずに殴った。夫は部屋を横切ってキッチンまで飛んでいった。派手な音がした。

サボタージュ。嘘。殴り合いの喧嘩。

いまいましいものが出揃った。気にくわない奴は殴る。これが人間世界というわけだ。そういえば私にも気にくわないことがあった。偉そうにクルーの人間関係を仕切っていたＨＦグループの連中だ。彼らは常に目を光らせていた。私たち候補生は、彼らの前では服従するしかなかった。

夫は無様に姿勢を乱し、唇の端を切っていた。

私はすっかり小さくなった地球を目の端にとらえた。

黄褐色の半月が地球の右肩に驚くほど小さく見えた。背景は黄道光でかすかに煙り、そのなかで金星が燦然《さんぜん》と輝いていた。さほど広くない視界の中に内惑星帯の三天体がおさまった様子は、偶然とはいえ、外に向かう船出を象徴しているかのようだった。

太陽系をさしわたし一メートルの円卓とするなら、この旅は中心から五ミリ遠ざかるにすぎない。最初の月飛行から六十年をへだてて、ようやく踏み出した人類の次なる小さな一歩。

じっとしているだけでも酸素と食料を消費する不経済な肉体と、ストレスにも単調さにも長く耐えられない不安定な精神を四セット、２ＤＫの空間に押し込んでの航海。

だが私は前途を憂えたり、しんみりしたい気分ではなかった。人間の精神は複雑で不安定だ。このとき私の心を支配していたのはただひとつ、ＨＦグループへの反逆だった。

私はジョンの横で、両手でメガホンを作って怒鳴った。

「ウォレン反撃よ！　相手は年寄りだ、勝てるわ！　いけいけやっちまえ！」

ゆりかごから墓場まで

第一部　タイ

この池をすっかりラップで包んでしまえば、一生遊んで暮らせるわけだ。

タイ北部、ウタラディット。その郊外。チャオプラヤ河の支流から水を引いた、差し渡し三十メートルの養殖池のほとりに並んだ大楠の木陰で、チャトリはそんなことを考えていた。

さっき読んだ記事が本当なら。

このたび開発された十七種類の細菌と四種類の藻類、日照、水の循環があれば、一人の人体が排泄するすべてを必須アミノ酸に転換し、残滓からミネラル分を回収できるという。

チャトリは妻の作った弁当を広げた。カレーに餅米をつけては口に運び、水筒の水を飲んだ。

食事を終えるとスクーターにまたがり、次の池にまわった。網を投げ、日本人に売るための海老の生育を確かめる。申し分ない。この養殖池はよく調整されていて、投入する餌よりも多くの収獲がある。差分は太陽と川が運んできてくれるわけだ。

事業は順調に発展していた。隣県の工業地帯が生み出す汚染物質が流入しない限り、現状は維持されるだろう。だが記事のことはずっと心の隅にひっかかっていた。

次の週、工科大時代の友人、ウドムデートが遊びに来た。呼んだのではない。アポなしで玄関に現れて「よう、若隠居」と言った。気心の通った話相手だった。

ライム入りのアイスティーを作り、車庫の上の風通しのいいポーチに案内する。

チャトリは思いつきを話してみた。

「君んとこの——パナソニックの半導体技術があればできるんじゃないか。サイズはこれくらい」

週刊誌を五冊、重ねてみせる。

「これくらいの容積に一千平方メートルの面積を畳み込む、ってのが」

「つかみどころのない話だな」

ウドムデートは苦笑しながら応じた。

「煉瓦一個だって表面をフラクタル的に測れば巨大な面積になる。問題はその圧縮した空間から何を出し入れするかだ」

「液体と電流だ。考えているのは浄化槽に似たものさ。汚物は微粒子にして低粘度の溶液にする。電流は光源に使う。入り組んだシリコンの洞窟の中に微細な高輝度発光ダイオードがあると思ってくれ。光源と向き合ったチップ表面には微生物が棲む小部屋を彫る。レーザーでね。微生物の生成物は次のステージに移送する。ファイナルステージでは藻類が育つ。それまでに分離されたミネラル分と藻類を和《あ》え物にすると、人の食い物になる。流動食だけどな」

「そのへんの溜め池で起きてることと同じじゃないか」

「そうさ。だがコンパクトだ」

「一千平方メートルの日照をそんな狭い場所に集めることになる。たちまち蒸発するんじゃないかね」

「池に注ぐ日照は大部分が水の蒸発に使われるんだ。生物が利用するのはごくわずかだ。光合成の効率だって低い。そのへんの無駄を取り去って、ドア・トゥ・ドアで光を送り込んでやるのさ」

「低粘度でも毛細血管みたいなものの先々まで送るとなりゃ、それなりのポンプが要《い》るぞ。ヒトだって首をちょん切れば二メートルの噴水になるんだからな」

「ポンプも分散配置する。ピエゾ素子で動かすんだ」

「ふむ」

ウドムデートは、今度はしばらく考えていた。

「ラップトップ浄化槽か」

製品レベルの話になった。これは見込みありか、とチャトリは思った。

「似てるとは言ったが、浄化槽が食い物を出すかい？　僕が考えているのは携帯用の閉鎖《CE》生態系《LSS》さ」

「閉鎖生態系？」

「全身を気密服で覆い、排泄物や汗、吐息まで完全にリサイクルする。必要なのは電力だけだ。それは太陽電池で作れる」

ウドムデートはグラスを置いた。

「陽に当てておけば生きられる——人間が植物になるわけだな？」

「歩く植物だ」

「ロボットと言ってもいいな。電気さえ与えれば生きてる」

「だが心を持ってる」

「完全な閉鎖は実現できまい。どうしたって漏洩する」

「わずかな補給ですむさ」

「宇宙旅行でもするのか」

チャトリは首を横に振った。

「それはオプショナルだ。だが旅をするツールにはちがいない。バックパックひとつで、歩いてサハラ沙漠を横断できる。泳いで太平洋を渡れる。何年かかろうとかまわない。日照さえあればいいんだからな」

「休暇を取る苦労もなくなるな」

ウドムデートは言った。

「この装備さえあれば、人は一生遊んで暮らせるんだから」

チャトリは破顔した。自分の思いつきが完全に伝わったとわかったからだった。

「いかすアイデアだろ？」

「そうだな」

まだ目が泳いでいる。時期尚早か。

だが、善は急げだ。チャトリは言ってみた。

「僕はエビの養殖池を四十持ってる。その半分を売って開発スタートってことでどうだ」

「それしきじゃ開発研究のスタートにしかなるまい。チップに関しちゃ僕は心得があるが、生化学の専門家を探さないとな」

「心当たりは」

ウドムデートは腕組みして、二分後に口を開いた。

「なくもない。社名だけ決めよう。紙の名刺を作ったほうがいい」

「チャトリ・アンド・ウドムデート社」

「だめだめ。もっとシンプルで、世界に通用する名前じゃなきゃ」

「ならばコンセプトでいくか。〝ゆりかごから墓場まで《cradle to grave》〟システムだな」

「縮めてC2G。どうだ」

「C2Gか。いいな、それでいこう」


二人は会社を立ち上げ、四年後、C2Gスーツの試作品一号が完成した。

それは、防護服を着た人物が乳母車のようなものを引きずってよたよた歩く代物だった。装備一式の重量は八十キロもあり、背負って歩けるものではなかった。

ネットを通して発表してみると、お笑いネタとして大量のリンクを集めた。だが、なぜか株価は急上昇した。チャトリは才能のある人材を選《え》りすぐり、新たに三十人を雇った。

続く八年間のうちにC2Gスーツは着実に改良されていった。重量は二十キロを切り、すべてをバックパックに背負って歩けるようになった。

C2G社は一般販売に踏み切った。

第二部　日本

守口健二は八年間のサラリーマン生活で貯めた金をはたいてC2Gスーツを買った。商品化が始まったら一番に買うつもりでいたが、諸々の事情で思うにまかせず、シリアルナンバーは二十番台になってしまった。発売開始から半年が経っていたわりには、若いナンバーかもしれない。つまり売れていないのだ。

「放浪癖のある奴がこれを買える金を貯めるなんて稀だからな」

守口はそう結論し、ほかに理由があるなどとは考えなかった。

日本円で一式二千八百万円の装備だ。ヘリコプターが買える金をバックパッキングに投じる奴など、世界中探してもそうそういないだろう。

だがC2Gスーツこそは人間を真に解放し、社会を根底から変革するハイテク・ギアだ。パーソナルコンピュータ、インターネットに次ぐ発明といってもいいだろう。

その試作品が動画サイトを通して発表されたのは就職する前のことだ。彼は一目で虜《とりこ》になり、これを買うためならなんでもしようと思った。

守口の会社はロングテール事業で大躍進したので、給料の払いは罪悪感を覚えるほどだった。必要な金が貯まると彼はさっさと辞表を書いた。

翌日、町田市にあるC2G社の小さな代理店を訪ねた。マンションの一室だった。

「守口さんですね。どうぞこちらへ！」

若い女が出てきて、中に招き入れた。

パーテーションの向こうに、散らかった事務机が見えた。ホワイトボードのスケジュール表にはポストイットがびっしり張られている。

「もう、売約はかなり？」

「あー、そうでもないかなあ。マスコミ対応は多いんですけどねえ」

パーテーションのこちら側にあるソファへ促される。電話が鳴ったので、女は急いでコーヒーとパンフレットを差し出し、デスクに戻って受話器を取った。

待つ間、パンフレットに目を通す。

砂丘をバックに立つ、C2Gスーツ、モデル1。

「まずご覧になりますか、実物を」

「ええ」

通話を終えた女が、その場から言った。

「こちらへどうぞ」

隣室に通される。いまパンフレットで見たものがステンレスのラックに吊されていた。防護服――放射性物質や細菌の汚染地帯で着る、だぶだぶした気密服――に似ている。頭部と胴体は一体化した箱形で、白をベースに青とオレンジのストライプをあしらっている。胸部は前方に張り出しているが、これは内部から操作する器具を納めるためだった。

腕と脚はゆったりしたレインウェアのような質感だった。バックパックと胴体は太いホースで連結している。バックパックから二本の支柱が上に伸びて、日除けの屋根のような太陽電池パネルを支えていた。電力が不足するときは、さらに大型のフレキシブル発電シートを地面に広げることになる。それはバックパックの脇に丸めて縛り付けてあった。いまは屋内なので、電源は壁のコンセントから得ている。

胴体の側面は他の部分と深いマチを介して連結されていた。

「これは袖から腕を抜いて、胴体内部を操作するときのモードです」

女は側面を二十センチほど引き出して見せた。肩幅より広くなるので、胴体内に腕を入れて動かす空間ができた。

脚は胴体の底から生え、スキーブーツのような靴に連結している。

「スーツの素材は？」

「リップストップ・ナイロンをベースにした複合材を使ってます。発泡ウレタンの断熱材が挟んであって、それと隅にフレームも入っています」

「断熱が重要なわけですね」

「ええ。じゃあ着てみます？　とりあえず靴と上着を脱いでいただくだけでいいですよ」

胴体前部のファスナーをコの字に開くと、ハッチが横に開いた。ハッチの裏側には操作パネルや器具を納めた棚があった。くぐるようにして体を入れる。胴体は腰の部分で直径五十センチほどあり、脚もだぶだぶなので、容易に入れた。靴はサイズを自動調節する機構があった。

内側から見ると、胴体は弾力性のあるフレームで形状を支えていた。肩と腰にハーネスがあり、ここで全体の荷重を受けるところは普通のバックパックと同じだ。

ハッチを閉め、気密状態にする。なるほど、個室に入った気がする。

「まだ袖は通さないで。その赤いパワースイッチを入れてください」

外の声はくぐもった音ながら、普通に聞き取れる。スイッチはハッチ内側のコントロールパネルにあった。ＯＮにすると、どこかでファンが回り始めた。顔の回りの空気が動いているのがわかる。

この位置から見ると、ハッチ内側にあった器具の用途は一目瞭然だった。装備ポケットと小さな洗面台がある。

「マナは飲める状態になってます。なんでしたらタイツに着替えてもらって、シャワーや排泄を試してもらっても結構ですよ。私は隣の部屋にいますから」

「いいの？」

「そのためのデモ機ですから。ヘルプを見たいときは『ディスプレイ』ボタンを押してください。ヘッドマウント・ディスプレイが出てきますから、画面のメニューをポイントしてください」

ポインタ操作は袖に手を入れているときはデータグローブ、そうでなければ胸元のタッチパネルを使う。ＰＤＡを転用したものだから、ゲームもできるし低軌道衛星ネットワークに接続して情報検索したり、電話したり、ブログを書くこともできる。スーツが故障したときのサポートも受けられる。

「じゃ、お言葉に甘えて、ひととおり試させてください」

「どうぞごゆっくり」

女は部屋を出ていった。

守口はいったん外に出て、全裸になって入り直した。肌がスーツで擦れるのを防ぐため、専用のタイツを着ることになっているが、今回は省略した。

肩と腰のハーネスを締め、ラックから立ち上がってみる。

大丈夫、この重量なら楽に歩ける。

次にシャワーから使ってみることにする。試作時代から報道資料を追っていたから、手順は大体知っていた。

胴体の底部――腰のあたり――は折り畳まれた蛇腹になっており、地面まで引き下ろすことができた。それは同時にズボンを脱ぐ形になって、スーツは狭いながらも直立するシャワールームになった。洗面台の蛇口を引き出して、温水を出す。洗剤を混ぜることもできる。柄付きのブラシで全身が洗えることを確認する。

たまった汚水は自動的にポンプで汲み上げられてバックパックのインポートに戻る。排泄物は器具をあてがって吸引するが、これも結局インポートに戻る。今回は小だけを試したが問題なく使えた。空気は頭部から供給され、腰のあたりで吸引されるので、臭いは届かない。

「次は食事だな」

汚水や排泄物をリサイクルしたものを口に入れる気になるかどうか――これも試してみたかったことだ。

バックパックの中、発光ダイオードの光で生育するのは、細粒状の藻類だ。カタログの顕微鏡写真によれば、竹の節の間に米粒を詰めたようなものだった。その粒は澱粉《でんぷん》だから、成分は米そのものと言ってよかった。別に分離された数種のアミノ酸、ミネラル分と混ぜ合わせると、どろりとした流動食になった。

それはマナと名付けられていた。その起源がどれほど汚らわしく思えようと、使われる原子の帳尻は合っている。外からのエネルギー入力によって化学的ポテンシャルを上げるだけのことだ。もしマナの製造量が減ったなら、そのぶんは人体のどこかに貯蔵されたことになる。ダイエットしたければ余分なマナを系外に捨てればいいいし、成長期の人間ならその分を系外から補充すればいい。

守口はマウスピースをくわえた。弁が開き、ほのかに甘い、しかし雑味のある液体が口腔内に流れ込んできた。あえて言うなら水に溶いた黄粉《きなこ》に近い。

大丈夫、これなら喉を通る。

もともと食道楽ではなかった。食事など、空腹がおさまればそれでいい。

なんと合理的なシステムだろう。

守口がC2Gスーツに心酔したのは、C2G社の創業者たちが抱いた夢をまっすぐに受け止めたからだ。

全人類がC2Gスーツを使えば、地表に降り注いだ太陽光をわずかに奪って排熱する以外、いっさい環境負荷をかけない。水や空気を汚さず、自らの体重以上に動植物を殺すこともない。家族ができれば家も必要になるが、それはスーツの技術を拡張するだけのことだ。気密式の住居に人数分のバックパックを接続すればいい。

もちろんスーツを製造・維持するだけの工業力は必要だ。ネットワーク・インフラや医療施設も要る。それらは産業の頂点にあるから、支えるには技術文明のすべてが動員される。

それでも、世界はずっとシンプルに再構築できるだろう。すでにある産業から、無駄なものを排除するまでのことだ。それで最低の生活は保証される。飢えから解放され、世界中と対話でき、ニュースを送受し、選挙に参加できる。衣食足りて礼節を知るの言葉どおり、この状態になって初めて人は未来を洞察するゆとりを得るだろう。多くの社会問題が——紆余曲折はあるだろうが——解決に向かうはずだ。

守口はC2Gスーツを出て服を着た。隣室に行って女に言った。

「気に入ったよ。支払いは一括で」

最初の計画は徒歩による南米大陸縦断だった。パナマから始めて、最南端のフエゴまで歩き通す。アマゾン河の雨季を避けるため、出発は四月とした。

パナマ国際空港の入国ゲートを通り、梱包した荷物を受け取ると、到着ロビーの片隅でC2Gスーツを組み立てた。好奇の視線を集める中、タイツ姿になるわけにもいかず、着衣のままでスーツに入った。

午前十一時。その場から、歩き始めた。

ヘッドマウント・ディスプレイを出し、ナビゲーション・システムを起動する。

すぐそばをパン・アメリカン・ハイウェイが通っている。アラスカのフェアバンクスから南米最南端までを結ぶ道路の総称だ。このハイウェイは一箇所だけ分断箇所があり、それはここから三百キロほど先にある。ダリエン地峡だ。世界遺産に登録されている原生林と湿地が道路の建設を阻《はば》んでいる。

旅の始め、元気なうちにここを渡れば自信がつくだろう。スーツの中にいれば、不衛生な湿地でも病気にかかることはない。ダリエン地峡こそはこの装置の真価が示せる場所だ。守口はそう考えていた。

インターチェンジを苦労して横断すると、空港のフェンスと散在する住宅地に挟まれた殺風景な舗装路が延びていた。車はびゅんびゅん飛ばしているが、日本と違って路肩が広いので歩行に差し支えなかった。

赤茶けた埃っぽい路肩を歩き続ける。何台かの車は速度をゆるめてこちらを見ていった。停車して話しかけてくる者もいる。もっと田舎から始めるべきだったと後悔する。

C2Gスーツ・オーナーの中には、旅の様子をブログに書いて広告収入を稼いだり、テレビにレポートを送る者もいた。守口はプライベートな日記をつけるだけで、積極的な宣伝はしなかった。気ままな一人旅をしたい。せっかく補給も日程も気にしないでいられるのだから。

午後一時、最初の排泄をする。リサイクルが始まり、バッテリーの減りが早くなったが、日照が強いのですぐに回復した。

やがて郊外に出た。十字路のまわりにできた小さな集落にさしかかる。道端にテーブルを並べた食堂があり、店内では大きな肉塊を炭火で炙《あぶ》っていた。シュラスコだ。脂がしたたり落ちて、煙を立てているが、匂いはまったく届かない。

食事をしていた客たちは手を止めて、いっせいにこちらを見た。

一人の男が立ち上がって、いぶかしげな顔でやってきた。

「伝染病でも広まってるのかね？」

「いや、ちがう」

不慣れなスペイン語で答える。

「じゃあ、あんたが病気なのか」

「ちがう、ちがう。えーと……」

仲間の男がやってきて、早口で何か説明し始めた。しきりにこちらを指さしては、C2G、C2Gと言っている。

はじめの男は理解したらしく、急に笑顔になった。

「C2Gってのを初めて見たよ！　どうだい、一杯やらんか」

そう言ってテーブルからグラスと肉を盛った皿を持ってくる。

うまそうだが、それではC2Gスーツを着てきた意味がない。

「ありがとう。だがいらないよ。旅したいんだ。太陽だけで」

「太陽だけで!?　なんとまあ！」

男はまわりの人々に「太陽だけで旅するんだとさ！」「草や木みたいに！」と触れてまわった。大笑いが巻き起こった。

「なぜ笑うんだ」

「なぜって、そりゃとんでもないからさ。太陽だけで旅するとはな！」

「これは素晴らしいものだ。これを着ていれば飢えないんだ。無一文でも」

「そりゃいいな！　だが俺は肉と酒を買う金くらい持ってるさ！」

また大笑いになった。こうなるともう、肩をすくめてその場を立ち去るしかなかった。

閉鎖生態系の中から眺める旅というのは、少々味気ないものだな、と思った。たいていの旅人にとって、現地での食事は重要な要素だ。自分はといえば、空港のロビーで気密ファスナーを閉じて以来、この国のどんなものにも直接触れていない。

だがそれくらい予想していたことだ。バックパッキングとはストイシズムの極致にあって、自然を見つめ、生の意味を内省する営みなのだから。

そうして見いだしたことを、この地方の貧しい人々に伝えたい。

守口はそんなことも考えていた。いまはまだ好奇の視線を集めるばかりだが、身をもって示していけば、いつか必ず理解されるだろう。C2Gスーツがこの世界から飢えや争いを消し去ることを。

市街地を抜けると、交通量はずいぶん減ってきた。

午後二時半、路傍に立ち止まって最初の食事をする。後ろから来た赤いピックアップトラックが速度をゆるめ、運転席の男がこちらをじろじろ見ながら走り去った。まあ確かに、屋根つき防護服が道端で固まっていたら奇異に見えるだろう。

マニュアルによれば、夜間の電力を確保するため、陽の高いうちに充分に充電せよ、とある。守口は発電シートを地面に広げ、その傍らに腰を下ろして休憩した。

そろそろ出発しようか、と思い始めた頃、さっきのピックアップトラックが戻ってきた。日焼けした白人なのか、混血した黒人なのかよくわからない男たちが四人、荷台から飛び降りた。運転席からも一人降りてきた。

全員、鉄パイプやバットを持って、駆け寄ってくる。たちまち取り囲まれた。一人が発電シートの上に立った。

「それ、踏まないでくれ。太陽電池なんだ」

守口は間の抜けたことを言った。

返事のかわりに、肩に打撃をくらった。次に脛《すね》と腰を打たれた。守口は地面に転がった。うつぶせになってバックパックを盾にすると、脇腹を蹴られた。スーツのせいで中身の様子がわからないためか、男たちは何度も何度も打撃を加えた。意識が途切れた。

気がつくと、素っ裸で地面に寝転がっていた。

たそがれた空に、半月が淡く浮かんでいた。全身が割れるように痛んだ。骨折しているだろうか？

しばらくは、それを調べる気にもならなかった。なにしろ自己批判に忙しすぎた。これは世界を革命するスーツで、衣類としては世界一高価だが、貧困にあえぐ人々にこそ最も待望されるものだった。だからこの旅が彼らに希望を与えるなんて、甘いことばかりを信じていた。

たちまち追い剝ぎに遭うことを、なぜ思いつけなかったのだろう？

太陽だけで生きることは、植物になることじゃない。その生のなかで、知恵を働かせてこそ人間だというのに。

第三部　火星

シャヒドはバギーを止め、屋根の上に並んだ太陽電池パドルの向きを調節した。ロックをゆるめ、端を持ってパドルをひねると、他のパドルもいっせいに向きを変えた。帆船時代の終わりを飾った四檣バークのようだ。ここが地球なら、風をはらんでたちまち転倒するだろう。

シャヒドは屋根の両端についている太陽センサをうらめしげに眺めた。

本当なら、あのセンサが働いて太陽を自動追尾するのだが、両方とも二年前から故障したきりだ。補充があるのは二年後――地球年でだ。地球と火星の関係は、二年ごとに節目が訪れる。それまでこの車が持つかどうか、あやしいところだ。

砂塵嵐が去って二日経つが、低い空にはまだ黄ばんだヘイズが残っていた。日照は弱く、太陽電池の向きをこまめに直さないと荒野のただ中で立ち往生するはめになる。

ボンネットから飛び降りると、靴の回りで乾いた塵が放射状に散った。六ヘクトパスカルの大気は真空に近い。蚊柱のようなダストデビルに出会わない限り、風を感じることはなかった。

運転席に入ろうとすると、妻のラヴィーナが座っていた。

「代わるわ。隣で休んでいて」

「君こそ休んでいたほうがいい」

「何度も言わせないで。まだ二か月なんだから。祖母の時代なら臨月でも畑を耕したものよ」

「しかしな」

「居眠り運転されちゃ怖いし」

言葉に甘えることにした。交代で運転していかないと、隕石落下に間に合わない。

助手席に座ってハーネスを締める。マナをひとくちすすり、妻の浅黒い、彫りの深い横顔を見つめた。その視線にラヴィーナは笑みで答えたが、顔は前に向けたままだった。火星上の轍《わだち》は長く残り、何度も通れば道路代わりになる。だが三時間前にポイント・ティトラガルを通過してからは処女地を走っている。脇見運転は厳禁だった。

シャヒドも前方監視に努めたが、すぐに眠気が襲ってきた。荒れ地を八時間も運転してきたのだ。そろそろ限界だった。代謝設定を睡眠モードにして、シャヒドは体を弛緩させた。

愛する妻が隣にいながら、その肌に触れることもできないとは。

まどろみの中で、シャヒドは思った。

祖国インドへの呪いが、彼の入眠儀式だった。この人使いの荒い植民計画に、与圧キャビンのついたローバーなど含まれてなかった。戸外では、簡易型の膨張シェルターを除けばC2Gスーツが居住環境のすべてだった。重い削岩機も与えられなかった。超硬度チップのついたつるはしひとつで植民者たちは火星を掘り、地下に蟻の巣のようなコロニーを築いた。

八年後、第五期植民とともに帰還船が届けられるはずだった。それは十年後、第六期に延期された。しかも届けられるのはエンジンと制御装置だけで、船体構造やタンクはこちらで作れという。手元にあるのは汎用工作機械と精製機、電気炉ぐらいのものだ。C2G

技術を転用した万能精製機は火星資源から金属材料や合成樹脂を生み出せたが、一度にできるのはティーカップほどの量しかない。倦《う》まず弛《たゆ》まず機械を手入れし資源を注ぐのは入植者たちの仕事だった。

地球から伝送されてきた帰還船の図面に、キャビンというものはなかった。ジャングルジムのような骨組みと、日除けの金属蒸着マイラーフィルムがあるだけ。半年にわたる地球への航海を、これまたC2Gスーツですごせという。

もっとも、これは往路も同じだった。中国の無人探査機だってもっと快適な空間だったにちがいない。アグニ2号は進行方向についた皿のようなエアロシェルだけで火星大気ブレーキングを敢行したのだ。その裏側に、ハーネスで縛り付けられた五十人の入植者を載せて。

だが、確かにこの人命軽視の飛行方式は劇的なコストダウンをもたらした。エネルギー的には、火星に到達するだけなら静止衛星を打ち上げるのと変わらない。四トンの静止衛星を打ち上げるロケットがあれば、C2Gスーツを着た人間を四十人、火星に送り込める勘定だ。火星での減速噴射はしない。火星大気キャプチャー――大気圏に飛び込んで減速する方式――ですべてをまかなうからだ。

エアロシェルや着陸用パラフォイル、火星上で使う装備などを含めれば目減りするが、インド植民省は基本的にこの考え方で志願者を火星に送り込んでいる。二年おき、火星ウインドゥが開くたびに、四機から八機の植民ロケットを打ち上げてきた。

志願者に不足することはなかった。若い夫婦が火星に行けば、残された家族は多額の手当てが給付され、死ぬまで安寧な生活が送れると約束された。

植民に志願すれば、なけなしのサービスで盲腸は切除してくれる。減圧に耐えられるよう、歯の治療も完全にしてくれる。放射線被曝は相当なものになるが、これは運を天に任せるしかない。

医師は移民団に二人いて、できる限りの治療はすることになっていた。処置なしとなればＣ２Ｇスーツを操作して一酸化炭素中毒にする。生きながら働けなくなった者はスーツの中でじっとしているしかない。中国が展開した衛星サーバー群があるから、火星上のどこにいてもネットで暇つぶしだけはできる。

途方もないコストをかけたアメリカ・ＥＵ・日本の共同計画はたった四人の探検隊を火星に送り込んだにすぎない。インドはそれを後目《しりめ》に百八十人を送り込み、クリュセ平原に恒久植民地を形成した。二十七人が帰らぬ人となり、九人の新しい命が生まれた。まだ地球に戻った者はいない。

火星用のＣ２Ｇスーツは、ヘリコプターのキャビンを立てたような卵形の硬い胴体を持っている。そこから軟式の手足が生えた格好だ。胴体を下方に引き延ばして円柱になるところはそれまでのスーツと同じで、中に入ったまま全身の手入れができる。

四十年の歴史のうちにC2Gのメカニズムは成熟して、故障知らずになっていた。それでも火星の過酸化水素を含んだ塵が悪さをすることはあったが、シェルターか地下コロニーに逃げ込んで整備すればなんとかなった。総質量は四十キロになるが、〇・三八Gの火星重力下では問題にならなかった。


四時間後、闇夜の中でシャヒドは目覚め、運転を交代した。

ナビゲーション・マップによれば、ニュー・コルカタから七百キロ。

「どうやら間に合いそうだな」

「タンドゥーリ・チキン缶にありつけるわけね。この自殺ミッションをこなせば」

「命を賭ける価値はあるさ」

「缶詰に？」

「もちろん」

その子の未来のためにさ、という台詞をシャヒドは呑み込んだが、ラヴィーナは真意が通じていることを笑顔で伝えてきた。

アメリカ人たちは放射線障害を考慮して生殖年齢をすぎた隊員を送り込んだが、インド植民省は火星での結婚と出産をむしろ奨励した。それは冷酷だが賢明な判断だった。子供が生まれることで、そこは本物の故郷になる。親たちはどんな苦難も乗り越えようとする。

妻の妊娠を知ったとき、シャヒドは新しい力が全身にみなぎるのを覚えた。そして残りの人生を我が子のために差し出す決意をしたのだった。

ラヴィーナがスーツの中で背後を振り返った。荷台の地震計を見たのだろう。それはしっかりと縛りつけてある。第三次植民で持ち込まれた貴重品だ。

まもなく降ってくる隕石は、観測衛星によれば直径二メートル級だという。小惑星帯に近く、大気の薄い火星では隕石が珍しくない。隕石落下で生じた地震波を解析すれば、地震波トモグラフィー、すなわち地下の立体図が描ける。それは火星にまだ火山活動があった頃にできた熱水鉱脈のありかを探すのに役立つ。

そのために、わざわざ隕石の落下予想地点のそばまで行って地震計を設置するわけだ。予想には誤差がともなうが、距離を取りすぎるといいデータが取れない。自殺ミッションと言われるゆえんだった。

夜明けが近づいている。かすんだ地平にムルワラ・クレーターの外輪山が浮かび上がっていた。その稜線に、明るい光芒が落ちてゆくさまを見て、シャヒドは息を呑んだ。

隕石の予報が外れたか、と一瞬考えたが、すぐに正しい答をみつけた。隕石にしてはあまりに遅い。あれはフォボスだ。目をこらすと、スティックニー・クレーターの影に分断されていびつな二つの光点に見えた。

「きれいね」

ラヴィーナが言った。

「起きてたのか」

「いまさっき」

「インパクト・ポイントから三十キロだ。このへんでひとつ置くか？」

「待って」

ラヴィーナは自分のヘッド《H》マウント《M》・ディスプレイ《D》でナビゲーション・マップを調べた。

「四キロ先に小さな地溝らしきものがあるわ。そこにしましょう」

「アイ・サー」

それは風化して丸くなった、二メートルほどの段差だった。縞状の地層をもった岩盤が石畳のように露出している。シャヒドは車を降り、つるはしを振るって穴を掘った。ラヴィーナが地震計の筒を差し入れる。アンテナと太陽電池シートだけを地表に出して土を埋め戻し、踏み固める。

「あと七個だ。行こう」

二つ目はジャラワル山地の裾野に設置した。三つ目は風化してクレーターなのか河床なのか判然としない窪地。四つ目は平原上にある小さな池ほどのクレーターのほとり。

衝突予定地点から二、三十キロの半径を保つ形で地震計を設置するのに昼の大部分を使った。

「どうにか間に合ったな。とっとと逃げよう」

予定時刻まであと四十分。

衝突地点の予想円は楕円形をしている。誤差の出にくい短径方向に逃げるのがセオリーだった。

ラヴィーナの運転で、バギーは北西に進路を取った。再び山が見え始める。二つ目の地震計を置いた場所を通過し、ジャラワル山地の裾野を少し登る。ゆるやかな斜面に、大きな岩塊が散らばっていた。岩と岩の間で風が収束するのだろう、地面に風で刻まれた流れの跡があった。

衝突予定地点から三十二キロ離れた場所でラヴィーナは車を反転させて止めた。

「そろそろね」

「あと二分だ」

二人は周囲を見回した。そこは地震計を設置した平原より少し高台にあるので、遠くまでよく見通せた。太陽は地平付近にあり、散在する岩々が長い影を落としている。荒野はペールブルーの夕陽を浴びてもなお赤いままでいた。

突如として、そこに新たな影が加わった。

東の高空に現れた第二の太陽は、一秒とかからずに地表に達した。

光の束が押し寄せ、頬に熱を感じた。

とっさに目を閉じたが、シャヒドは失明したと思った。

ラヴィーナのスーツを手探りする。

そこへ衝撃波が来た。バギーはホイールロックをかけていたが、弾かれたように後退し、左へ二十度ほど傾いた。金属が破断する嫌な振動を感じた。

その瞬間、爆音を聞いたと思ったが、一度限りで終わった。

おそるおそる瞼《まぶた》を開く。視野は緑に染まっていたが、計器盤は変わらずそこにあった。電源を示すランプが太陽電池からバッテリーに切り替わっている。

空は移動する無数の光芒に埋め尽くされていた。すべて前方を焦点とする放射状の軌跡を描いている。爆心地から飛び出した放出物《イジエクタ》だ。

爆心地には光のドームが生じていたが、空中の土砂で散乱して詳細は見えなかった。ただ、その根元でなにか巨大なシルエットが動いているのがわかった。はじめはそこが地面かと思ったが、それにしては高い位置にあった。その稜線はあちこちで断裂しながら、ゆっくりと下方に移動している。

なにか台地状のものが爆心地と自分の間に現れ、崩壊しつつあるらしい。

シャヒドの脳は高度な連想能力を発揮し、答を意識下に引き出した。

あれは、直径一キロに達しようというミルククラウンだ。落下した隕石が火星の表土をえぐり、液状化させ、巨大な波紋を立てた。そうにちがいない。

シャヒドは我に返って隣を見た。

「ラヴィーナ、大丈夫か!?」

「ええ。あなたは」

「大丈夫だ。目は見えるか」

「なんとか。降りたほうがよさそうね」

「ああ」

二人はバギーを降りた。周囲には太陽電池パドルの残骸が散らばっていた。バギー本体にも多数の打撃痕がある。パドルは衝撃波で壊れたのだろう。車体を叩いたのは衝撃波が巻き上げた地面の石だろうか。イジェクタの直撃を受けたらこの程度ではすまないはずだ。

停車したとき、百メートルほど先に小屋ほどの岩塊があったのを憶えていた。ラヴィーナの手を引き、その陰に駆け込んで身をひそめる。

上空をおびただしい数の岩石が飛びすぎてゆくが、近くに落ちるものは案外少ない。見た目のスペクタクルにもかかわらず、聴覚に訴えるものはなく、ただ、低い振動が絶え間なく地面から伝わってくる。

一度だけ大きな揺れがあり、近くに着弾したのがわかった。周囲はかなり暗くなっていたが、土砂と火の粉が遮蔽の横を低い弾道で飛んでゆくのが見えた。バギーを置いたあたりだな、とシャヒドは思った。

「まいったわね。予報が外れたってこと？」

「位置と時刻は大体合ってた。ただし隕石の質量を誤ったんだろう。ここまで大きく外れたのは初めてだが」

監視衛星は相手の光度とスペクトルから寸法や密度を推定する。幾何学的には無限小の点でしかないので、寸法は統計的推量でしかない。今回は直径二メートルの珪素質隕石だと推定されていたのだが、実際はもっと大きく、高密度で反射率の低い物体だったのかもしれない。

「地震計は四つ生き延びた。いまデータが入ったわ。爆発規模は五百十キロトン。ちょっとした核爆発ね」

シャヒドはHMDで計算シートを開いた。

「落下速度が秒速三十キロとして……鉄隕石なら直径十メートルクラスだな」

「鉱脈を探しに来たら、それが空から降ってきたってこと？」

「幸か不幸か、な」

鉄隕石の存在比はごく小さいから、これはめったにない天からの贈り物だといえる。とはいえ、その代償に自分たちの命を差し出すのは割に合わない。

火山噴火と異なり、隕石の落下によるイジェクタ放出は一度限りのイベントだ。異なる弾道を取った岩石がすべて落下した頃には、もうなんの地響きも伝わってこなくなった。

直撃はまぬがれたと考えていいだろう。

　だが地震計はいまも複雑な振動を捉え続けている。新しいインパクト・クレーターの内部では岩屑や溶岩や気化したガスが落ち着き場所を求めてもみくちゃになっているだろう。周囲の土地でもイジェクタの落下による土砂崩れが起きているかもしれない。

　採鉱部長から電話が入った。

『生きてたか、シャヒド。こちらでも強い揺れを感じたよ。街に被害はないが、そっちはどうだ？　ラヴィーナは？』

「二人とも無事ですが、バギーをやられました。パドルがもぎ取られていて、たぶん使い物になりません」

『スーツの発電シートで代用できないか』

「いまは離れているので、車体がどうなっているか、わかりませんが――」

　言いかけて、シャヒドは嫌な事実に思い当たった。

　自分たちは電気で生きている。停電は死を意味する。街には大きな蓄電ホイールや発電炉があるが、ここには太陽電池と小さなバッテリーしかない。

「日照が戻ればいいんですが。この地域は当分、濃い塵《さえぎ》で日照が遮られるでしょう。バギーとスーツのバッテリー、それと非常用ジェネレーターで何ができるか、考えてみないといけません」

　応答に、少し間があった。

『そうだな。こっちでも検討してみるよ。きっと解決が見つかるだろう。最大限の支援を約束する』

「ありがとうございます。いまのうちに伝えておきますが、落ちたのは鉄隕石の可能性があります。掘り出すのは結構骨でしょうが、うまくいけば高純度の鉄やニッケルが手に入るでしょう」

『わかった。それも調査するさ。だが君らの救出が先だ』

　新しい情報が入ったら伝える、と言い残して採鉱部長は通話を切った。

　すでに日没をすぎ、あたりは真っ暗だった。だが朝が訪れても日照は望めまい。大気が薄いとはいえ、熱源があれば上昇気流が生じる。巻き上げられた微細なダストは高高度に達し、長く空中に留まるだろう。

　この季節の地表温度は氷点下三十度Cだ。体温を保つだけでも電力を消費する。

「ラヴィーナ、スーツのバッテリー残量は？」

「八十三パーセント。あなたは？」

「七十九パーセントだ。日照がなければ、持って明日の正午だな」

「有機物のリサイクルを止めましょう。保温と空気のリサイクルだけにすれば」

　いわゆる断食モードだ。汚物の分解とマナの合成をやめることで電力を節約できる。

「明日一杯はそれで持ちそうだな」

「薄日くらいは射すかもしれないわ。バギーを調べましょう。あちらのバッテリーも確認してみないと」

気丈な妻がいることにシャヒドは感謝した。お返しに——というのも変だが——一人だけなら生還できる状況にさしかかったら、男らしいところを見せてやろう。それは結局、二人を救うことになるのだから。

かつてバギーであったものがスーツのヘッドライトに照らし出された。

シャヒドはいま考えたことが現実味をおびてきたことを知った。ぎりぎりまで軽量化した状態で持ち込まれ、火星産の鋼材で補強された車体は、椅子ほどの岩塊の直撃を受けて二つにちぎれ、新たに生まれたクレーターの両岸に引き離されていた。

最初に衝撃波で吹き飛んだ太陽電池パドルは、この爆撃でさらに破壊されて、いくつかの破片が散らばっているだけだった。

八個のバッテリーを納めたラックは車体の中央にあり、これも完全に粉砕されていた。

「ジェネレーターはどうだ」

「後ろに積んであったはずね」

非常時に化学燃料を燃やしてガスタービンを回し、発電する装置だ。車体後部のトランクに入っていたが、容器ごと大きく潰れていた。

こじ開けてみると、タービンまわりは無事なものの、燃料タンクが裂け、中身が揮発してしまっていた。燃料はN_2Oとアルコールで、火星資源から合成したものだが、C2Gスーツでは作れない。

「明日、空が晴れてくれるのを祈るしかないようね」

「そうだな。まずは代謝を最小にして夜明けを待つ。それでどうだい？」

「賛成。夜が明ければ衛星の可視画像も届くでしょうしね」

「では、寝る努力をするとしよう」

二人はさきほど遮蔽に使った岩塊の根元に腰をおろした。

眠れまいと思ったが、肉体の疲労が勝ちをおさめ、意識はすぐに途切れた。

着信音で目が覚めた。採鉱部長からだ。

『おはよう。起こしてしまったかね？』

「いえ……」

否定はしたがその通りだった。HMDに表示された時計は午前八時〇四分。

シャヒドは陰鬱な気分になった。この時刻にこの暗さとは。

『昨夜半に救助隊がバギーで出発した。予備のジェネレーターとバッテリーを積んでる。四日後にはそちらに着くだろう』

「感謝します」

『それから、良くない知らせなんだが……』

「知らないよりはましです」

『衛星からの画像が入った。爆心地の上に大きなきのこ雲ができていて、なかなか動こうとしないんだ。ついてないことに君たちがいるのは風下側で、半径九十キロの塵雲がかぶさってるように見える。地上はまったく見えない』

「そうでしょうね。まわりは薄暮の状態です。それから、バギーは全壊状態でした」

『そうか。あえていうなら南南東に歩くのが日照を得る最短コースだ』

「わかりました。これから妻と相談して、行動計画を立てます」

『頑張ってくれ。必ず助けるから』

節電のため、洗顔は省略する。空腹で腹が鳴っているが、マナもなしだ。

隣のスーツを軽く揺する。妻はすぐに目覚め、時計を見てため息をついた。

「よく眠れたかい」

「ええ。でも気分はこの空と同じ」

二人は立ち上がった。発電にはまったく足りないが、周囲の様子を見るだけの明るさはあった。

岩壁を離れ、開けた場所に出る。

ラヴィーナが身を固くし、息を呑むのがわかった。直後、シャヒドも同じものを見て固まった。

赤い荒野だった場所は、一面、湯気を立てる泥の海と化していた。隕石の落下地点を中心にして半径三十キロを超す黒褐色の土壌が、あたかも巨大なバターナイフで塗りつけたように出現している。全体の輪郭は八重《やえ》に咲いた花のようで、舌状に流下した泥流が重なりあうように固まったと見える。昨夜見たミルククラウンのなれの果てか。

「流動化イジェクタ……花弁状クレーターが誕生したってことか？」

ラヴィーナはうなずいた。

「このあたりの凍土層は深いと聞いていたけれど」

自殺ミッションをしていれば、真新しいクレーターを見ることは珍しくない。だがその規模はせいぜい直径数十メートルだ。凍土層に達し、それをえぐり出した隕石を目の当りにしたのは火星観測史上初めてにちがいない。

「あれはたぶん、太陽に近づいた彗星の表面に似たものじゃないかしら。ここがもっと低重力なら」

ほうぼうで白い噴泉が立ち上がっている。高さ十メートル以上あるだろうか。内部の水分が噴き出し、ただちに氷結しているのだろう。

フリーズドライ現象が起きているのは噴泉だけではなかった。泥の表面も真空に近い大気にさらされ、揮発すると同時に凍結して氷のダストとなり、あるものは表土に戻り、あるものは上昇気流に乗って舞い上がっている。いずれにせよ大気に露出した氷は徐々に昇華して大気中に拡散してゆくだろう。

暗い空を見上げたシャヒドは、たちまち現在の苦境に引き戻された。

「あの上昇気流が収まるまで、お天道様は望めないってことかな」

氷点下三十度とはいえ、真空に近い環境なので伝導で奪われる熱は少ないだろう。もっぱら気化熱を奪うことで冷やされるだろうが、泥の海が携《たずさ》えている熱量は膨大なものだ。内部まで凍結するのにどれほどかかるだろうか。何か月、あるいは何年？

「でも、あそこまで歩けば熱がある。これは利用可能なリソースじゃない？」

「そうか、あの泥に浸かっていればヒーターに使う電力が節約できるかも……いや、待てよ！」

シャヒドは急いでバギーの残骸にとって返した。まずジェネレーターのタービン部分を取り出す。それから残骸のあちこちから電線と配管をむしり取って袋に詰めた。

二人は傾斜地を下っていった。地面には真新しい塵が積もっていて、一歩ごとに明瞭な足跡が残った。

一時間ほど歩くと泥流の舌先に達した。おそるおそる、足を踏み入れてみる。

靴は数センチめり込むだけで、難なく歩き進むことができた。

「疲れてないかい？　ここにいてもいいよ」

「平気よ。あれが近そうね」

ラヴィーナは噴泉のひとつを指した。そこまでの三百メートルをゆっくり歩く。

間断なくアイス・ダストが降り注ぐなかで、シャヒドは地面に屈み込み、携えてきたものを取り出した。

ジェネレーター・タービンのガス流入口にホースを挿《さ》す。ホースのもう一方を噴泉の中に押し込み、周囲を強く踏み固めた。

高圧のスチームがタービンに流れ込むと、たちまち回転が上がり、インジケータに発電量を示すバーグラフが踊り始めた。

シャヒドは得意満面で妻の顔を見た。

「僕と結婚してよかったって思ってるだろ」

「いいえ、悔しくて仕方ないわ。このアイデアを先に思いつかれて」

ラヴィーナは険しい顔で言ったが、その演技は数秒と持たなかった。

「あなた最高よ！」

そう言ってC2Gスーツを触れあわせ、抱きついてくる。シェルターがあれば距離をさらに縮められるのだが――いまは堅い胴体を通して響いてくる歓声で満足するほかなかった。

妻のスーツに充電ケーブルをつなぎ、シャヒドは暖かい泥の上に腰を下ろした。

採鉱部長に電話して現在位置を伝え、のんびり待っているから救助隊に無理をさせないでくれと言った。それから腹一杯、マナを呑み込んだ。

四日目になると上空の塵はかなり流され、頼りないながらも陽が射すようになった。噴泉の勢いは衰え始めていたが、もう電力の心配はなかった。

二人は周囲を散策してまわった。

「あれが鉄隕石だとして、採掘できると思う？」

「どうだろうな。かなり多くは衝突の瞬間に蒸発したと思う。残りは泥に埋まっただろうが、いったいどれくらい掘ればいいのか、見当つかないな」

「でも、この地熱発電を使って掘削機を動かせば――」

ラヴィーナは急に口をつぐんだ。

「あれは何？」

数メートル先の地面を指さす。

赤紫の染みがあった。

「ふむ。泥から二次鉱物が析出したのかな？」

泥ごとすくい上げてみると、それは表面にだけ皮膜状に付着していた。

「こんな色の鉱物って？」

「コバルト華に近い感じだが……」

皮膜をつまみ上げてみると、糸を引きながらちぎれた。

「繊維がある」

「まさか……」

二人は顔を見合わせ、同時に言った。

「シアノバクテリア⁉」

一度言葉にしてしまうと、もはやどう見てもただの鉱物とは思えなくなった。

太古の地球に遊離酸素をもたらした藍藻《らんそう》――シアノバクテリアが、なぜここにあるのか。起源は地球なのか、火星で独自に発生したのか。

見回すと赤紫の染みはそこらじゅうにあった。昨日までは泥の海だった場所にも出現している。

「たぶん、日照、温度、水分の条件が揃ったのね。海が甦ったわけじゃないにせよ」

「そうなるまで、何億年も凍土の中で眠っていたってことか？」

「わからないわ。でも火星から海が消失する過渡期に、そういう適応をしたのかもしれない」

ラヴィーナはオーストラリアに分布する植物をひきあいに出した。

「バンクシアといって、その種子は山火事で高熱にさらされることが発芽刺激になってるの。そうすれば天然の焼き畑耕作をほどこした後の、ライバルのいない場所で優位に立てるわけ」

「山火事の代わりに隕石に適応したっていうのかい？」

「火星上なら、それが成立するかもしれない」

シャヒドは返答に詰まった。なんとしぶとい生命だろう。

そうとなれば、これを地球起源とするシナリオにも真実味がありそうに思える。巨大隕石の衝突で地球を脱出したイジェクタにまぎれて、真空と放射線に耐え、生きてこの地に到達したとすれば。

「こいつらが最初の火星入植者になるな」

「何億年もリードされてね」

「あるいは何十億年か」

シャヒドは自分のまとった殼、C2Gスーツに目をやった。今回はきわどいところだったが、ともかく太陽系誕生以来四十六億年をへて、脊椎動物も電力だけで宇宙を渡って生き延びられる段階に達したわけだ。

リードは許したが、善戦したと言っていいだろう。シアノバクテリアが生き延びたのは、おそらく原核生物の単純さによる。ヒトは違う道を進んだ。巨大な脳を養い、機械の甲羅をまとうまでにずいぶん回り道をしたが、悪い選択ではなかった。ここまでの道程とこれからの旅路を、自ら意識したうえで選択できるのだから。

ラヴィーナが突然、狂ったように手を振り始めた。

その視線を追うと、一台のバギーが泥の海を渡り始めたところだった。

大風呂敷と蜘蛛の糸

ACT・1

リフトは快調に上昇を続けていた。地上を離れて六時間あまり。空の青は目の高さで終わり、もう世界の半分は宇宙の闇に占められている。

直下には十勝平野の海岸線があり、晴れていれば関東北部、佐渡、ウラジオストク、サハリンの半分が一望できる。しかし今日、下界の九割は雲に覆われていた。東方海上にこの季節を代表する低気圧が居座っており、それも予報を外れて発達していた。

寒冷前線は沸騰したミルクのようだった。地表から積乱雲の頂《いただき》まで十キロメートル。自分の身長にスケールダウンするとしたら、膝のあたりか――目の高さを現在の高度とするなら。

榎木《えのき》沙絵《さえ》は気まぐれにそんな計算をしていた。

終点が近づき、リフトは自動的に徐行運転に入った。

進行方向を見上げる。

高度四十キロ地点に浮かぶ、北海道大学・成層圏プラットホーム。

そこはもう、中間圏界面の目前だった。気圧は三ヘクトパスカル、地上の三百分の一しかない。

プラットホームといえば立派だが、それは二つ並べたガス気球の根元を全長八十メートルのトラスフレームで結んだだけの、危なっかしい足場にすぎなかった。

フレームの中央部分に、リフトが停止した。

誰がやったのか、ラミネート加工した貼り紙があった。

《この列車は当駅が終点です。上をめざす方は大風呂敷1号にお乗り換えください》

そうしますとも。

重い宇宙服を着た体で、軽金属の階段に踏み出す。階段をえっちらおっちら登り、大風呂敷1号のゴンドラに乗り込んだ。助っ人がほしいところだったが、コストの制約でいま以上の重量を支える余裕がなかった。そもそも当初の計画では、すべて無人で行うはずだった。

トラスフレームの両端には高分子フィルム製の大気球が一基ずつ結ばれている。気嚢《きのう》の寸法は直径六十メートル、上下百五十メートルで、大型旅客機を二、三機格納できる大きさだった。

　気球に充塡されているのは水素ガスだが、この真空に近い世界では引火の心配など無用だった。高価なヘリウムガスを使わずにすんだのはありがたい。当然といえば当然だが、乏しい予算枠で沙絵のアイデアが実現できたのは、こうして障壁となる要素をひとつ残らず回避できたおかげだった。

　気囊はかすかに揺れていた。じっと見つめていないとわからない、凪《なぎ》の海のうねりのような周期だ。

『こちら大樹町《たいきちょう》タワー。下界はすごい雷雨になってきたよ』

　中喜多《なかきた》教授が伝えてきた。対比してこちらの世界を語らせるつもりなのだろう。

「こっちはしーんとしてます。画面には風速四十メートルって表示してますけど」

　体感的には無風だ。地上なら、たとえ宇宙服を着ていても風に当たればそうとわかる。

『取材機は見える？　この天気じゃ地上から撮れないんで、報道各社はジェットを飛ばすと言ってたけど』

　目を凝らしてみるが、ぎらぎら輝く雲海がバックではとても見つけられそうにない。

「ちょっとわかんないですねー。向こうからはよく見えてると思いますけど」

　ビジネスジェットなら上昇限度はせいぜい十五キロだろう。肉眼で見るには遠すぎる。

「あ、繫留索《けいりゅうさく》のことは知ってるんですよね？」

『もちろん。たとえパイロットが忘れてても、自動警報が鳴るしね』

繫留索には一キロメートルおきに位置通報トランスポンダがついている。それは航空障害物として管制網に掌握され、すべての航空機に通知される。コクピットの統合ディスプレイには中国の連凧《れんだこ》のような姿になって映っているはずだ。

沙絵はチェックリストを最後まで辿った。最後の項目には《深呼吸して、もう一度まわりを見よ》とあった。

素直に従う。沙絵は見えるものすべてに意識を向けた。

借り物のマークV宇宙服の肘から先。胸部の操作パネル。ヘルメット内に組み込まれている舌で操作するスイッチ。ドリンクチューブといちご味のキャンディ・バー。鼻の頭。

軽合金のフレームと化学繊維でできた、上半身がむき出しになるゴンドラ。可搬式生命維持装置。樽型のカプセルに収まった膨張式の救命ボート。

ゴンドラの手すりに固定した、操縦用のノートパッド。その横に、「がんばれ沙絵！」と書き込んであるプロジェクト・チームの集合写真。宇宙服とゴンドラを結ぶハーネス。

ゴンドラ側面には全長二メートルのCAMUIロケットと液体酸素を入れたデュワー瓶、可搬式の制御ボックスが固定してある。なんとなく戦闘機のミサイルみたいだ。

ゴンドラの後ろにくくりつけてある、丸めた八畳間用のカーペットみたいなもの。頭上を横切るフレームには、凧糸より細いテザーの束と、釣り道具のように繊細なコンピュータ制御のウインチ。超高層大気の観測装置とデータ通信用のSバンド・オムニアンテナ。

風上側には繋留索が延びている。末端は大樹町の多目的航空公園のはずれに設置されたウインチにあり、現在の繰り出し量は六十キロ弱と報告されている。

繋留索は毛糸ほどの太さしかないが、最新のカ《C》ーボンナ《N》ノチュ《T》ーブ強化繊維のおかげで抜群の強度・重量比を備えていた。これも計画実現の鍵になった要素だった。CNT強化繊維なら、高高度に気球を繋留する→繋留索が重くなる→気球を大きくする→強い繋留索が要《い》る→重くなる、という悪循環に陥らずにすむ。「そんな紐があるならやってもいいんじゃない？」と誰かが言ったのだ。

見えるものは全部見た。見つめた。すべて異状なし。

沙絵は地上に伝えた。

「こちら大風呂敷1号。もうすることがないです。出発以外」

恐いもの知らずと呼ばれてきたが、さすがに武者震いしてしまう。いまからたった一人で前後百四十メートル、幅千メートルの凧を揚げ、それに乗って宇宙の玄関、高度八十キロをめざすとなれば。

しかし中喜多教授の返事は煮え切らなかった。

『えーと、ちょっと待っててね』

「待つって、何か問題が？」

『天気がちょっとアレなんで、GO／NOGO判断が長引いてるんだ』

「えー」

『で、どうせ暇なんだからHBCのインタビューに答えてやってくれる？』

「はあ。かまいませんけど」

『よろしく頼むよ』

受けなくてはなるまい。マスコミの取材にこまめに応じるのが、税金を使う者のアカウンタビリティだそうだから。

沙絵は発進カウントダウン・モードになっていた頭を社交モードに切り替えた。

なにが聞きたい？　そもそものきっかけ？

ACT・2

きっかけは工学部一年の秋、学生食堂の掲示板。

『めざすぞ宇宙！』というPOP文字に目をとめた時だった。

詳細を読んで、沙絵はやや幻滅した。これは小型ロケットを使った弾道飛行実験のアイデア・コンテストだった。到達高度はたったの十キロ。旅客機の巡航高度で、宇宙というには一桁足りない。

ロケットはCAMUIシリーズというもので、すでに事業化して観測や微小重力実験に使われている。いろんなサイズがあるが、今回提供されるのは最も安価で小さなモデルだった。宇宙をめざそうというのは精神的な話らしい。

日替わりA定食のトレイを持って席につく。カロリーだけは満点の揚げ物を口に運びながら、沙絵の思考はゆっくりと地面を離れた。

ロケットが非力なら、下駄を履かせてやればいい。

飛行機なら二十キロあたりまで上がれたはずだ。そこから発射すれば、ロケットは高度三十キロに達するだろう。

宇宙が始まるとされる高度百キロには、まだ足りない。

観測気球が高度五十キロに達したという話を思い出した。

これでやっと道半ばだ。もっと高い下駄はないだろうか。

沙絵はトレイを脇に押しやり、鞄からノートパソコンを取り出した。「成層圏」をキーワードに検索してみると、それは高度五十キロ付近で終わり、そこから高度八十キロまでは中間圏と呼ばれることがわかった。

こんどは「中間圏」を調べてみた。この領域について知られていることは驚くほど少なかった。飛行機や気球では届かず、ロケットでは高速で通り過ぎてしまうから、直接観測が難しいのだ。

ただし電離層なら古くから調べられてきた。最も低いD層は中間圏に発生する。密度が地表の千分の一以下になるので、空気分子の一割くらいが太陽光を浴びて電離する。日照のない夜間は消滅する。これは電波のエコーを使って観測できる。

大気密度が蛍光管の内部に近いせいか、放電現象はいろいろ起きる。スプライト、エルブス、ブルージェットと、好奇心をかきたてる名前がついている。それらは雷雲の上方に発生する、いわば宇宙への落雷だった。肉眼ではほとんど見えない。

放電のほか、電磁波やガンマ線のバーストも発生する。これも雷と関係しているらしいが、メカニズムはわかっていない。

中間圏には夜光雲なるものが発生することもある。わずかな水分が凝結して、地上が夜で上空に日照があるとき、それが光って見えるという。

氷が存在するとは意外だった。しかしおそらくは、ものすごく希薄な存在だろう。気圧は地上の千分の一から十万分の一だ。これは普通、真空と呼ばれる。

パラグライダーをこの高度に浮かべたらどうなるだろう？

沙絵は夏休みに行ったニセコでの体験飛行を思い出して、ふとそんなことを思った。

もちろん石のように落下するだろう。そうならないためには翼面積を十万倍にすればいい。

沙絵は「パラグライダー」で検索してみた。

標準サイズの翼面積は二十五平方メートル。その十万倍は二・五平方キロメートル。札幌駅と大通《おおどおり》公園の端から端までを一度に覆う超巨大風呂敷だ。

無理。とても無理。

なにか他に使える材料はないか。再び「中間圏」の検索に戻る。

沙絵はある文献の「風速分布」という図に目をとめた。

中間圏に風が吹くのか？

南北とも緯度四十度付近、上空八十キロのあたりが、最も風が強い。秒速八十メートルにもなる。

ということは、パラグライダーの飛行速度の十倍だ。

この風は上昇気流ではないが、凧のように繋留すれば揚力に転換できるはず。

揚力は流速の二乗に比例する。風速の十倍は翼面積の百倍に等しい。

差し引きすると、中間圏境界で必要な翼面積は千倍ですむことになる。つまり二万五千平方メートル。

たとえば百メートル×二百五十メートル。校庭くらいか。これでもずいぶんなサイズではあるけど、札幌駅&大通公園よりはずっとましだ。総重量が八十キロ程度に収まればの話だが。

「できる……かな？　ハイテク素材とかなら？」

沙絵は声に出してつぶやいた。

時計を見て驚く。午後の講義を完全にすっぽかしていた。

えい、ままよ。沙絵は自主休講を決め込んで、検討を続けた。

高度八十キロから八百キロまでは熱圏と呼ばれる。百キロ以上は宇宙だから、多くの衛星がこの圏内を周回している。風速は小さくなり、なにより大気そのものがゼロに近づく。

どうやら高度八十キロあたりが大気利用の限界で、その先はロケットの領分らしい。

パラグライダー式の凧で高度八十キロまで上がって、そこからロケットを発射すれば、掛け値なしの宇宙がめざせる。空気抵抗がゼロに等しいぶん、到達高度は延びるだろう。百キロの大台が狙えるのではないか？

もう一日つぶして計画書をまとめ、アイデア・コンテストに応募してみる。タイトルは『凧によるアシストで宇宙に達する方法』とした。

主催者側が待っていたのは、ロケットの先端に積む缶コーヒーほどの荷物に関するアイデアだった。ロケットに巨大な下駄を履かせるなど、完全に想定外だった。

だが、選考会で沙絵のプランは大受けを取った。審査員をつとめた技術者や教授たちは、まず腹を抱えて笑い転げた。起立を求められた沙絵は、耳の先まで真っ赤になった。

どうやって思いついたのか、と訊かれた。語るほどのこともない。あのスローガンを真に受けて、宇宙をめざしただけです、と答えた。それから沙絵はシンプルに問い返した。

「できっこないですか？」

これが爆弾になった。

審査員たちは急に真顔になった。アイデアを評価するとき「できっこない」は禁句だった。

もとより、彼らは沙絵を嘲笑していたのではなかった。奇抜なアイデアに出会うと、嬉しくて笑ってしまうのだ。審査員たちは選考そっちのけで議論しはじめた。

「まず膜だな。凧といえばリップストップ・クロスか？」

「もう二桁くらい軽いのがある。一平米あたりコンマ八グラムってのが」

「それが本当なら、文字通りの大風呂敷ができるな」

「翼面、こんなきれいな曲線にしなくていいんじゃないかな。あの高度なら低速でもニュートン流で近似するだろ。平板で気流の向きを変えてやればいい。案外軽くて簡単に作れるかもしれんね」

「テザーも重要だぞ。軌道エレベーターほどシビアじゃないけどねえ」

「ケブラーにCNTをコートしたやつがあるんだ。そろそろ商品になる。頼めばわけてもらえるんじゃないかな」

「長いラインの扱いなら水産学部は宝の山だよ。刺し網なんか全長百キロ以上あるし、定置網だってとんでもなくでかいしね」

「軽さ勝負だから、途中にプラットホームを置いたらどうかな。成層圏の上のほうに繋留気球でベースキャンプを作って、そこから凧を上げれば身軽になる」

「同感だ。それに超高層大気に最適化した凧は低い空じゃ使えないだろう」

「でもヘリウムは高価《たか》いよ。一立方メートル五千円くらいする。財布の中身もへりうむ、なんちて」

「水素でいいさ。洩れたって爆発限界に届くだけの酸素がないんだから」

「ちなみにヒンデンブルグ号が水素に引火したというのは常識の嘘なんだ。ニュース映像でもわかるけど、あれは外皮の塗料がテルミット反応したんであって」

「ほほう……」

審査員たちは三十代から七十代までさまざまだったが、共通した特徴があった。見るからにインテリっぽい文系の教授たちとちがって、ルックスが地味で飾り気がない。工員のような作業服姿もいる。そのかわり、議論しているときの目は子供のように輝いている。

息子に買ってやったおもちゃに、息子以上に熱中してしまうパターンか。

沙絵のプランはみるみるうちに肉付けされていった。本来の賞は逃したが、審査員特別賞を受けた。そしてトントン拍子に話が進み、奇抜な超小型衛星の開発で知られる中喜多研究室が中心になって実証に挑むことになった。

沙絵はといえば一介の学部生で、山菜摘みをしていて恐竜化石の第一発見者になったようなものだった。それでもプロジェクト・チームの一員になり、発案者のアドバンスを生かして大いに口出しした。

中喜多教授については、会ってみるまで名前と顔が一致しなかったが、いつも額に汗をうかべ、ぱんぱんに膨らんだショルダーバッグを抱えてキャンパスをせかせかと歩きまわる姿に見覚えがあった。まだ四十代後半で、威張ったところがなく、学生といっしょになって遊ぶタイプだった。単につるむだけでなく、先頭に立って旗を振るところがある。食事に行けば誰よりも食い、カラオケに行けば最後まで歌い、講義となれば絶妙のタイミングでオヤジギャグを放って皆を脱力させた。

研究室に入り浸っている学生たちは、そろって理工系の風貌だった。洒落者《しゃれもの》も少しはいたが、おおむねあの審査員たちの縮小コピーみたいなものだった。

自分も工学部だからすぐに溶け込めた。狭い研究室でわいわいやるようになって二日目、そこが自分の居場所だと悟った。蛸壺、竜宮城と呼ぶ者もいた。そのとおりで、我に返ったときには二年も経っていた。

ACT・3

計画が動き始めてまもなく、沙絵は第二の爆弾を落とした。

「人は乗れないんですか」

そのとき研究室には五、六人いた。全員そろって硬直し、あんぐり口を開けたのが喜劇的で、沙絵のほうが驚いてしまった。

「え？　だめ？」

「ていうか、なんで人が乗ると思うの？」

「なんでって……」

思考のリールを巻き戻してみる。パラグライダーから発想したせいだ。中間圏界面にパラグライダーを浮かべるなら、とばかり考えていて、いつのまにか小型ロケットの下駄という目的を忘れていた。

「人を乗せたりなんかしたら信頼性の要求がとんでもなく引き上げられるだろ？　すると冗長系をつけることになって重量がかさみ、ふくらんだ規模を制御するために新たな付加装置が必要になって悪循環に陥るわけ」

「キャビンを与圧しなきゃいけない。手のひらくらいの面積で百キロの圧力だよ。そんな強度の箱をつけたらすごく重くなる」

「酸素ボンベも要るし、水や食糧もかな」

「法的な問題もあるしね。耐空検査とか、いろいろ面倒な検査があるんじゃないかな」

「うーん、そうかぁ」

口々に言われて、沙絵はいったん引き下がった。

だが一晩考えて、翌日、こう言った。

「私、有人って、欠点じゃないと思うんですけど」

「はあ？」

「有人であることは、欠点じゃなくて、長所であると」

沙絵の爆弾はいつも、シンプルな問いかけとして投下される。研究室の面々は顔を見合わせ、自分で答を探し始めた。

「……ロケット投下装置の代わりにはなるかな」

「装置がジャムっても修理できる。ロボット代わりになる」

「カメラ代わりにもなる」

「五感を使ったレポートを送れる」

「目立てる、ってのは確かだな」

「ヒーローになれる」

「テレビに出られる」

「それって長所か？」

「とにかく、感情移入はしやすくなるよ」

「すごい牽引力になりそう。人が乗るなら不眠不休で戦える気がする」

「それは無人機でもそうでしょ。先輩らのやってたキューブサットだってそうだったじゃん」

「でもそれも、チームの団結があったわけでしょ。みんなでやりとげよう、俺のミスであいつらの夢を壊しちゃいけないっていう。人がいちばん力を発揮するのは、人のために動くときだよ」

「究極的には、人が行きたいわけだし」

「そうだな。結局、俺も行きたい。だけど高すぎるゴールを狙うのはどうかって判断になる。そうだろ？」

そのとき、中喜多教授が言った。

「沙絵ちゃんのゴールって、別に高くないんじゃない？」

ちゃんづけはやめて、と沙絵は言いかけたが、一瞬の判断で口をつぐんだ。

「ヒントその1」

中喜多教授は指を立てた。

「有人といっても飛行機やロケットみたいに高速じゃない」

「あっ……」

学生たちは虚を突かれた顔になった。

「つまり危なくないと」

「そうか、やばいと思ったらパラシュート背負って飛び降りればいいんだ！」

「ヒントその2。凧も気球も航空法上は浮遊物であって、航空機じゃない」

「じゃあ免許も耐空検査もいらないと」

「ヒントその3。僕のコネで、中古の軽量宇宙服が格安で借りられる」

「宇宙服があれば気密キャビンが不要になる……」

教授はにっこり笑った。

「あとはみんなで考えてね」

暗くなるまで侃々諤々《かんかんがくがく》議論して、腹が減って中華料理店になだれ込んだ頃には、もう誰も有人飛行以外考えられなくなっていた。

「だとしたら、最初は誰が飛ぶ？」

全員が挙手した。沙絵はすかさず、半径二メートルに炒飯を撒き散らして吠えた。

「レディで言い出しっぺの私がファースト！」

レディは口にものを入れて叫ばない、とたしなめられたが、沙絵は機先を制して皆の合意をとりつけた。

それは口約束にすぎない。計画がまだ現実味をおびていなかった時期だからこそ得られた合意だった。

しかし沙絵は、手に入れた切符を最後まで放さなかった。

ACT・4

取材機は高度十二キロ付近を旋回しながら、こちらを望遠レンズで捉えているという。その映像をバックにHBCのカンパニー波を使ってインタビューを受けることになった。

レポーターはこちらに合わせたのか、同年輩の女性だった。天候や機器、身体の調子などの現状をひととおり聞き出すと、キャラクターの掘り下げにとりかかった。

『子供の頃から宇宙にあこがれていたんですか？』

「えーと、そうですね……」

人生はそんなに単純じゃない。

小学生時代は男の子に混じってムシキングに没頭した。中学時代は両親の離婚で大荒れだった。高校二年で新しい母親と折り合いをつけるすべを身につけたが、プチ家出を繰り返しては間合いを測ったものだった。もっと賢く振る舞えたはずだが、あの頃はそうするしかなかった。

そうやって一人になったときの光景が、ふいに想起された。

晩秋の野で見た光景——あれならレポーターの望む筋書きに合いそうだし、嘘にもならない。

「野原を歩いていたら、服にやたら糸くずがからむので、なんだろって思ってよく見たら、蜘蛛だったんです」

『えっ、蜘蛛に襲われたんですか』

「そんなんじゃなくて。芥子粒《けしつぶ》みたいなちっちゃい蜘蛛で、草とか木の枝の先から糸を吐いて風になびかせて、気流に乗るんです」

『はあ……』

「バルーニング——あるいはゴッサマーとか、遊糸とか、山形じゃ雪迎えって言うんですけど。蜘蛛の仔って一度に何百匹も孵化《ふか》して、そのままでいたら過密になっちゃうじゃないですか。だから空を飛んで散らばるんです」

『なるほど』

「自分で羽ばたいたりしないから、体力いらないです。孵《かえ》ったばかりの仔蜘蛛でもできる、賢い飛びかたですよね」

『なるほど、まさに自然の叡知ですね』

レポーターは合点したのか、急に大げさに同意してみせた。

「あんな飛び方もあるんだなって思いました。太陽のほうを見上げたら、高いところで糸がきらきら光っていて、上昇気流に乗ってるみたいでした。強い気流に乗ると、時には何百キロも飛ぶそうです」

『その体験が今の自分につながっていると――』

「はいはい、そんなとこです」

沙絵は適当に話を合わせた。お望みの回答になったらしく、インタビューはそれで終わりになった。

街や野原をさまよった高校時代が終わり、北海道の大学に潜り込んだ。工学部を選んだのはロボコンみたいなことがしたかったからだ。

研究室の誰かに聞いた話では、乗物の発明者はすべて、何かから逃げたがっていたのだそうだ。

ここではないどこかへの逃避。逃避に捧げた生涯。

そんなシニシズムを真に受ける気はないが、一片の真理を含むとも思えた。もし意地悪なレポーターにこのあたりを質問されたら、どう答えるだろう。

「逃げて悪いか」

沙絵はそう自答してみた。

ACT・5

概念設計が始まった頃のこと。自分の構想を点検するには模型が一番だと教えられたので、沙絵は実践してみた。

平らな場所にサランラップを二メートルほど引っぱり出し、菜箸《さいばし》を八本、三十センチ間隔で接着する。掛け軸のようなものができた。

すべての箸の両端に四メートルの糸を結び、もう一端をひとつにまとめると、パラシュートのような形になった。

台所にあるもので五百分の一模型を作ると、こうなった。

戸外で風になびかせてみると、この凧はすぐにひっくり返った。安定を得るにはドラッグテールを結びつける必要があった。いわゆる凧の尻尾だ。

ドラッグテールは沙絵の発見で、得意になって発表したものだったが、結局採用されなかった。その名のとおり抵抗を生むので、全体の性能が低下する欠点があった。実機ではパラグライダー同様、翼の一部を糸で引いて変形させ、アクティブに操縦して姿勢を保つことになった。

沙絵は小さな敗北感を味わったが、すぐにそれどころではなくなった。メーカーからサンプル素材やパーツの試作品が届き始めたからだ。宇宙工学が枯れた技術の寄せ集めだった時代はとうに過ぎており、チームは技術文明の最先端を走っていた。沙絵はそれらを理解するだけでも大わらわだった。

実機用のフィルムは食品ラップより桁外れに薄い、非日常的な物質だった。重量は一平方メートルあたり〇・八グラム。つまんでみると厚みも温度変化もまったく感じられず、指紋の隙間にしみこんだようだった。微細なエンボス加工で半透明に見えるのが救いで、さもなければすぐ見失いそうな代物だった。

菜箸にあたる棒状の部分はセルと呼ばれ、翼面と同質のフィルムが使われる。形状は三角柱で、鯉のぼりのように開いた口から吹き込んだ風の圧力によって形を保ち、骨格の役割を果たす。つまり実機は膜と糸からできていて、剛体は使われない。

爪の各所にはセンサーと制御装置が取りつけられる。これは超小型のサーボモーターとマイクロチップを使ったもので、一個の装置は独立した電源を含めても十グラム以内に収まった。

装置は百個近くあり、無線ネットワークによって統合される。雲のように希薄で広大な身体を、分散配置された多数のロボットで管理している格好だ。無線を使うのは、さもなくば何キロメートルもの電線を引き回すことになるからだった。その重量だけで計画が成立しなくなるほど、中間圏の大気は希薄なものだった。

「発電衛星やソーラーセールの基礎実験にもなるしね」

中喜多教授は、ちゃっかりそんな実験も織り込んでいた。遊んでいるような顔をして学術成果を稼ぐのは彼の得意技だった。

「ていうかさ、学問ってのは遊びなんだよ」

教授は得意げに言った。

「心に留めおきたいお言葉です」

インテリの言いそうなことだな、と思いながら、沙絵は応答した。

そもそもの発端となった小型ロケットについても再検討された。いまや計画の力点は、人間を一人、爪で高度八十キロに運ぶことに移っていた。しかし、それだけではどうも格好がつかない。低コストな宇宙到達手段のデモンストレーションとして、やはりロケット発射はやろうということになった。

CAMUIロケットの開発サイドからは、「そういうことなら、新しい上段用ロケットの実証をやらせてください」というオファーがあった。真空に近い環境で発射するなら、安定翼は効かなくなる。推力偏向による姿勢制御が必要になるだろう。

吊から発射するときはいったん自由落下させるので、その状態で液体酸素を押し出す仕組みも必要になる。

ロケットの先端には、CANSATと呼ばれる超小型衛星が搭載される。これは別の学生グループが担当して、イオン密度の観測とカメラ撮影をやることになった。

中間地点に設置する成層圏プラットホームについては、以前からJAXAの航空部門が北海道で試験飛行をしていた。それは飛行船タイプだったが、打診してみるとこれもトントン拍子で「軽くて丈夫なケーブルがあるなら繋留気球タイプもやってみましょう」と協力を申し出てくれた。

これで分担が決まった。後は実現あるのみだった。

ACT・6

繋留索のもう一方の端に、二日前の自分がいた。

下方に伸びる一条の線を見ながら、沙絵はそんなことを思った。

十勝平野の南、大樹町多目的航空公園。

町おこしの一環として設立された施設だが、千メートルの滑走路を備え、東側——地球の自転方向——に太平洋が開けているのも好評で、いまでは航空宇宙研究の一大拠点となっていた。CAMUIロケットの発射にも利用されるので、中喜多研究室のメンバーにとっても馴染みの場所だった。

滑走路の脇には飛行船用の発着床もあるが、今回の成層圏プラットホームの発進には狭すぎた。仕方なく、滑走路を一時的に閉鎖してその上で気嚢をひろげることになった。積雪は二十センチで、あえて除雪せずにおいてある。

移動式の水素製造プラントと電源車が一晩中轟音を立てて、気嚢に水素ガスを送り込んだ。言うまでもなく、火気には厳戒態勢が敷かれていた。要所には事前に窒素ガスを充塡し、空気をパージしたうえで水素を通した。

そしてJAXAの成層圏プラットホーム・チームと中喜多研究室のメンバーは、土嚢を積んだ半地下の待避壕にすし詰めになって推移を見守ったのだった。

「いよいよ蛸壺って感じですね……」

人いきれの中で、そんな感想を漏らしてみる。修士課程に進んだ沙絵は、すでに研究生活という名の蛸壺にどっぷりはまりこんでいた。

「この蛸壺は狭いが、宇宙へと通じているのだ」

中喜多教授が芝居がかった口調で言った。

「あと四時間の辛抱だよ、諸君」

うめき声が洩れた。


四時間後。未明の雪原に二基の大気球が立ち上がった。上空での膨張を考えて気嚢はたるませてある。二百メートルの高みにある頂部だけが、くらげのように膨らんでいた。根元の索具は緊張して、すでに一トンを超す浮力が生じているのがうかがえる。

水素の注入が終わると、メンバーは待避壕を出てプラットホームの根元に歩み寄った。気嚢の最下部から地面まで五十メートルあるので、もう引火しても周囲が火の海になる心配はなかった。しかし超音速の爆轟《ばくごう》に備えて、全員がイヤープロテクターを装着している。

学生たちは数人一組になり、プラットホームを固定していたロープを解いていった。

ふいに手元が明るくなった。誰かが歓声を上げて、空を指さした。示されたものを見て、沙絵は一生の思い出ができたと思った。

気づかないうちに上空から降りてきた曙光が、気嚢の天辺《てっぺん》に達したのだった。その燃えるような光は音もなく気嚢を這い降りて、雪原から夜をぬぐい去った。

離昇の時が迫ってきた。陽が昇れば風が出る。この巨体に風は禁物だ。

ジャンボジェットよりも長い、八十メートルのトラスフレームのまわりを息せき切って走り回り、各班のリーダーが状況報告する。判断はすべてGO。

「いいよーっ、リフトオーフ！」

ＪＡＸＡのチーフが叫んだ。ウインチがまわり始めると、トラスフレームはゆらり、と地面を離れた。

三十メートルほど浮かんだところで最終チェックし、ゴーサインを出す。

「どんどん出せ。風が出る前に高所に逃がせ」

見た目にはまったく頼りない繋留索は快調に繰り出されてゆき、午後には高度四十キロに達した。

繋留索は東になびき、ほぼ全体が海上に出た。続いて成層圏プラットホームと地上とを往来するリフトのテストに入る。

それは燃料電池で自走するロープウェイのようなものだった。駆動部は繋留索にまたがり、その下に簡素なゴンドラが吊るされる。そのゴンドラに二百キロの砂袋を積みこむ。

「ほんとに耐えるんだなあ、繋留索」

午後一時。するすると天に昇ってゆくリフトを見上げながら、沙絵はつぶやいた。あれが十二時間で成層圏プラットホームと地上を往復できたら、次は自分が乗る番だ。

「無理してない？　怖かったら代わるよ？」

修士二年の男子学生が言った。

「お気づかいどうも。でも切符はあげませんから」

きっぱり答えておく。

本番は夜半からになるので、沙絵は仮眠を取りに宿舎へ戻った。天気予報を見ると、微妙なところだった。今朝の好天を生んだ移動性高気圧はすでに去って、いわゆる西高東低の気圧配置に移りつつある。

眠れるわけないと思っていたが、天気を案じているうちに意識が途切れた。ドアをノックする音がしたと思ったら、八時間経っていた。

午前一時、洗顔して準備室に入る。女子学生四名からなる「宇宙服着付け隊」に囲まれる。まず水冷下着を着込み、下部胴体に下半身を入れ、万歳しているところへ三人がかりで上部胴体をかぶせてもらう。スーツ部分だけで三十キロと、かなり軽量化されているが、一G下で動き回るのはつらい。リフトまでは車で運ばれた。

そこへ中喜多教授が小走りにやってきた。

「どうも天気が思わしくないんだ。低気圧が発達傾向なんで、しばらく様子を見たほうがいいかもしれない」

「待ってたらよけい悪くなりませんか？　私ならGOですし」

「しかしねえ……」

「ちゃっちゃと上がっちゃいましょうよ」

中喜多教授はなお逡巡していたが、やがて腹をくくったようだった。

「じゃあ行こうか。でも怖くない？　僕が代わろうか？」

「行きますし怖くないし切符はあげません」

沙絵はうんざりして早口に言った。誰かフォーマットを作ったのか？

午前三時、投光器に照らされる中、沙絵の乗ったリフトは地上を離れた。

ブランコ式の腰掛けを使ってくつろぐ。

視野が拡がり、遠くに帯広の灯火が見えてきた。沙絵はフェイスプレートを降ろし、生命維持装置を始動した。

高度はまだ、五百メートルを越えたばかり。

それが六時間前の自分だった。

ACT・7

『それがねえ、気象台の予報官も五分五分と言ってて、どうにも決定しかねるんだ』

珍しく、中喜多教授は煮え切らなかった。さすがに人命がかかると気が重いらしい。

「じゃあ私が決めますね」

沙絵は勢い込んで言った。

「天候判断は四捨五入でGO。その他の判断も全部GO。したがって出発はGO！」

『ほんとにいいの？』

「いいんです」

『わかった。じゃあGOだ。展開シーケンスにかかろう』

よっしゃー！　と吠えたいのをこらえて、「了解」とだけ答える。

十四ヘクタールの凧の重量はわずかに三十キロ。その薄膜を開発した繊維メーカーの担当者は「本気で畳めばリュックサックに入りますよ」と豪語していた。空気を挟まないように真空チャンバーの中で畳むという。

結局、展開を容易にすることを考えて、凧は長さ四メートル、直径三十センチほどの円柱状に畳まれていた。

「こちら大風呂敷1号。これより一次展開スタートします」

ノートパッドの画面上で該当項目をタップする。

結索が切断され、円柱が転がるようにしてほどけてゆく。それは風下側になびき、幅四メートル、全長百四十メートルの真珠色のカーペットになった。

「やっぱり風って吹いてるんだ」

これで前後方向の展開は終わった。次は左右に拡げる番だ。

「第一、第八セル、オープン」

セルの口を縛っていた結索が、その切断装置とともに落下した。吹き込んだ風がセルを三角形に押し広げながら進む様子は、巨大なミミズが這っているようだった。

「いい感じです。続いて第二、第七セル、オープン」

外側から順にセルを膨らませてゆく。全部終わってみると、巨大な膨張式のビーチマットが空を泳いでいた。

「一次展開完了。目視チェック……完璧です」

『いいね。どんどんいこう』

凧とゴンドラを結ぶラインは二千メートルになる。途中に二箇所の結節点があり、十六本が八本、八本が四本になってゴンドラのウインチに繋がる。

ラインを繰り出すと、巨大ビーチマットは水平姿勢を保ったまま、ゆっくりと風下に離れていった。これに三十分ほどかかった。

「二次展開いきます」

いよいよ、セルとセルの間にある膜面をひろげる段階に来た。残った結索を一度に切断する。

ノートパッドからコマンドを送ると、遠くで泳いでいたビーチマットは八本の棒に分かれた。おおむね平行を保ったまま、ゆっくりと互いの間隔を拡げてゆく。セルとセルの間から屏風《びょうぶ》折りになった翼面が現れ、風を孕《はら》んで上下に震動しはじめた。

「ちょっと暴れて……でも大丈夫かな？」

翼面がセルを引き連れて大きく波打ったが、さらに展開が進み、全体にテンションがかかると震動はおさまった。

ラインがピンと張り、凧揚げが始まった。

「お、ゴンドラがぐんって引っぱられました。プラットホームのトラスもぶるんぶるん震えてます。凧、見えてますか？　するする上がっていきます」

『よく見えてる。凧が頭上に来たら抗力が減るから、揺り戻すはずだよ』

「了解……あ、そんな感じです」

凧とこちらを結ぶラインの仰角が七十度を超えた。プラットホームが風上側に戻り始める。

揺れはすぐおさまり、各部が平衡状態になった。なにもかも素晴らしく安定している。

「こんなにうまくいくとは」

『いかなくてどうするんだい。これからって時に』

「ですね。晴れてるうちに出発します。さよなら、成層圏」

ゴンドラの固縛を解き、ウインチを張力感応モードにする。凧に引かれるまま、繋留索が繰り出されてゆく。やがて繋留索とともに、ゴンドラを吊るすショックコードが出始めた。

すい、とゴンドラが持ち上げられた。

頼りなく空中に泳ぎ出すと、いったん沈み、そのまま転落しそうに思えたが持ち直し、上昇に転じた。

体を風上側に向けてみると、門柱のようにそびえていた成層圏プラットホームの気嚢が下方に流れていくところだった。パリの凱旋門を飛行機でくぐって振り返ったらこんな感じだろうか。

「絶景です。ヘルメット・カメラでつかんでください」

気嚢の向こうには青い大気圏と荒れ模様の北海道の空があった。一面の雲海と思っていたが、よく見ると稚内《わっかない》のあたりは地表が見えていた。雲と見間違えたのは接岸したオホーツク海の流氷だった。

西寄りの雲間――日高山脈のあたりか――で紫の閃光が閃いた。発達中の積乱雲の中だ。

繋留索はまっすぐこちらに延びていたが、十メートルも離れると目視できなくなり、自由飛行している気分になれた。もちろん、成層圏プラットホームは見えている。それは常に風上の中心にあるのではなく、気がつかないほどの速度で揺れていた。高度によって風向がわずかに異なるせいだろう。

「こちら大風呂敷1号、高度五十キロ地点通過。えー、ここに宣言します。ただいま人類初の凧による中間圏有人飛行が始まりました」

『おめでとう』

中喜多教授が応答した。

『君のヒップは小さいが、人類にとって巨大なホップだ』

「オヤジギャグ禁止」

ACT・8

凧は毎秒三メートルほどの速度で上昇していた。出発以来、上昇率はあまり変わらない。高度とともに大気密度が減るかわり風速が増すので相殺《そうさい》されるようだ。

しかし高度が六十二キロを越えたあたりから、上昇速度は目に見えて鈍ってきた。これは予想されたことだった。大気密度、風速、繰り出された繋留索の重量を考慮したシミュレーションでは、高度六十六キロ付近に上昇率の谷がある。しかし、遅くはなっても乗り切れるはずだった。

だが、所詮シミュレーションはシミュレーションだった。

谷を越えたと思った高度七十キロ地点で、凧は上昇をやめてしまった。プラットホームにあるウインチのブレーキ量をゼロにしても、繋留索が出ていかない。

「止まっちゃいました。なんとかなりませんか」

『何か捨てられるものはない？』

「飛行神社のおまもりとか」

『もっと重くて、罰当《ばちあ》たりでないやつ』

沙絵はゴンドラの内外を見回した。

「救命ボート」

『捨てちゃだめ』

「ロケット」

『それも残したいね。ミッション機器だから』

「デュワー瓶。これならいいんじゃないですか？」

それは液体酸素をいれた断熱容器で、ずんぐりしたガスボンベみたいな形をしている。

CAMUIロケットはハイブリッド・エンジンを備え、液体酸素とアクリルブロックを燃料にしている。液体酸素は揮発していくので、減ったぶんをデュワー瓶から常時補充する仕組みになっている。

「このへんほとんど真空で断熱されてるので、あんまり揮発しないです。本体側のタンクにあるぶんだけでいけるんじゃないかと」

『ちょっと待って。ロケット班に相談してみる』

四分後、中喜多教授は言った。

『沙絵ちゃんの案でいいって。まずデュワー瓶側のコックを締めて。低温に注意してね』

言われたとおりに固縛を解き、デュワー瓶を持ち上げる。中で液体酸素がたぷんと揺れた。

結構重い。十キロ以上あるか？

外に投げ捨てる。下は太平洋で、半径十キロ以内に船舶はいないはず。

沙絵は高度表示を注視した。

五秒。十秒。二十秒。動かない。

「動きませーん」

『待って。こっちからコマンドを送って凧をホールしてみる』

ホールとは翼の後縁側を短時間引き下ろす操作のこと。一時的に揚力が増すので、始動のはずみがつけられる。

沙絵は凧を見上げた。十四ヘクタールの薄膜は真っ黒な空になかば溶け込んでいた。八本のセルは日照を反射して明るく見える。

そこに新たな光が加わった。両翼端の後縁部分がもやもやと揺れたかと思うと、白い光がゆらめいた。その直後、そこを起点とした波紋が翼の全面に広がった。

「きれい。左右から波紋が広がって真ん中でクロスするのが見えました。——あ、なんか来ます」

めざましい速度で蜘蛛糸をつたい降りてくる、一筋の光。

新たに加わった揚力がライン上に孤立波をつくり、こちらに投げ落としたのだった。

これが宇宙の昼というものか。

沙絵は思った。背景は暗闇なのに、強烈な日照がある。ここでは薄膜やラインのわずかなゆらぎでも、反射率の変化として視認できる。

『何？　何が来たって？』

「何っていうか、揚力が。あ、浮いた！　上昇再開しました」

『緊張しちゃったよ。思わせぶりなこと言うから』

上昇率は毎秒一・二メートルになった。それはじりじりと下がっていったが、目標高度はもう目前だった。

出発から五時間十四分、凧は高度八十キロに到達した。

「えー、みなさん、飲み物は行き渡りましたでしょうか。大風呂敷1号は中間圏界面に達しました。かんぱーい！」

『かんぱーい！』

中喜多も話を合わせてくる。背後で学生たちも唱和しているのが聞こえる。

「じゃあ気が抜けないうちに、ロケット撃ちます。セルフチェック開始。CANSAT、テレメ降りてますか？」

『はい、こちらCANSAT班、テレメトリ受信OKです。衛星系はすべて正常』

『ロケット班、こちらもすべて正常です。いつでもどうぞ』

「はい。じゃあ種火点火しました。点火確認。投下します、スリー、ツー、ワン、ぷちっ」

この位置で発射すると噴射炎を浴びるので、数秒間自由落下させる手順だった。ロケットを吊るしていたテープの末端を切る。落下とともに安全ピンが抜けた。これで発射シーケンスが次に進む。

CAMUIロケットは仰角二十度の姿勢のまま落ちていき、五十メートルほど下方でオレンジの炎を噴き出した。噴射炎がドーム状に拡がったのは、この高度の真空度を見事に反映していた。

黒煙をしたがえた閃光は半キロ先で目の高さを横切り、完璧な自律制御で上空へ駆け昇っていく。

それは不思議な加速感を呈していた。普通、物体は遠ざかるにつれて見かけの動きが小さくなるものだ。だが、CAMUIロケットは二十Gもの加速をしているので、むしろ離れるほどめざましい動きになった。

「噴射炎、見えなくなりました。機体はまだ上がってます。でももう見えにくいです。遠くて、ちょっと」

『大丈夫、こっちでテレメ捕捉してますから。はい、エンジン燃焼終了《バーンナウト》、現在慣性飛行で上昇中。高度九十五……九十六……九十七……』

高度百キロに達したとき、ロケット班の声は歓声にかき消された。続いてCANSAT分離の知らせが入る。弾道飛行ではあるが、まだ数分間は宇宙に留まれる。

『CANSAT班です。これより撮影コマンドを送ります。地球のみなさんと榎木さん、はいチーズ！』

とても詳細が写る距離ではなかったが、沙絵はロケットの飛び去った方に向かって手を振ってみた。

ノートパッドの集中管理ディスプレイを見た沙絵は、思わぬボーナスが舞い込んだのに気づいた。

こちらの上昇率が盛り返している。重荷を解き放ったおかげだ。

「現在、高度八十一・三キロ。上昇率、コンマ二メートルに回復しました。行けるところまで行ってみますね」

『いいけど、そろそろ生命維持装置のことも考えてね。あと三十分したら帰還にかかろう』

「了解です」

どこまで行くだろう。沙絵はわくわくしながら高度表示を見守った。

だが、凧は高度八十三キロに達したところであっけなく足を止めてしまった。自分でコマンドを送って凧をホールしてみたが、ゴンドラはどうしても動かなかった。もう何をやってもスカスカな感じだ。大気を利用した高下駄は、このあたりが限界らしい。

沙絵はひとつの諦観に達して、ため息をついた。大気に頼っていては、宇宙には決して出られない。それが宇宙の定義だから。

本音を言えば、自分があのロケットに乗って、本物の宇宙空間に出てみたかった。そんなロケットを吊るすには、いまの何十倍も大きな凧が必要になるだろう。ロケットは浮遊物じゃないから、有人飛行は高くつく。地上からロケットで行くのと、どっちが低コストだろう？　帰ったら、検討してみよう。

「えー、そんなわけで、大風呂敷1号はこれをもって帰途につきたく思います」

『了解。あらためて大成功おめでとう。どう、長くて曲がりくねった来し方を振り返っての感想は』

「そうですね……」

沙絵は少し考えて、答えた。

「言ってみるもんだな、と」

『ははは。そりゃあいいね。その調子でまた爆弾を――』

ふいに砂を嚙んだようなノイズが響いて、音声が途切れた。

同時に赤紫のフラッシュが一閃した。

「爆弾を？　あれ？　もしもし、聞こえます？」

応答がない。ノートパッドを見る。画面は真っ黒だった。

「なに、停電？」

無線機の電源は宇宙服側にある。ノートパッドとは独立しているのに、同時に停電するとはどうしたことか？

凧を見上げる。第三セルと第四セルの間隔が不自然に広く、平行も失われている。前縁側がゆっくりと開いてゆく。

「凧が、破れた？」

ACT・9

あわてるな、榎木沙絵。お前はいつでも脱出できる。

そう言い聞かせて、沙絵は観察に集中した。

周囲の空間が、妙に粉っぽい。舞い上がった塵が逆光で光っているような感じだ。

そこへ第二波が来た。こんどは動きが見えた。

まず自分のまわりが赤紫の光に包まれた。光はラインを遡って凧の翼面に流れ込み、その広大な膜を淡く染めた。

傘体を蹂躙《じゅうりん》した光はさらに空間へと泳ぎ出した。ニンジンの葉のようなものが放射状に拡がりながら天を駆け昇り、やがて光を失い、宇宙の闇に溶け込んだ。

すべては一秒の何分の一かの間に、無音のうちに終わった。

答をつかみかけた気がして、下界に目をやる。

寒冷前線。積乱雲。雲間を染める紫の閃き。

これは落雷にちがいない。前に調べた高高度放電現象のひとつ、スプライトだ。中間圏の希薄さばかりに頭がいって、これを予想しないとはあまりにうかつすぎた。眼下に前線が横たわり、雷雲がぼこぼこ沸騰しているというのに。

前に調べた資料によれば、スプライトの持つ総エネルギーはさほど大きくない。一放電あたりTNT爆薬にして六、七キログラム程度だ。その空間的ひろがりに較べればきわめて淡いので、対策もとらなかった。

しかし大風呂敷1号に使われている繫留索や広大な薄膜は、CNT素材によって導電性を持つ。それが中間圏を貫くように設置されるのだから、薄くひろがった放電のエネルギーをかき集める、理想的な誘雷装置になるのではないだろうか。あの脆弱《ぜいじゃく》な凧を破るなら、わずかな爆薬で充分だ。

電流は宇宙服の表面を通過したので、身体への感電はなかった。だが、凧へのダメージは大きかった。

第五セルが途中で折れ曲がり始めた。後縁のラインが切れ、その一帯がめくれ上がろうとしている。かすかな白い繊維が、波うちながら落下しはじめたのが見える。他のラインはまだテンションを保っているが、破壊が全体に及ぶのは時間の問題だった。

屋内での真似事ではあるが、緊急時の訓練は受けている。安定して降下するように、まず繫留索を切り離す。凧といっしょに対流圏まで降りたら、ゴンドラの底を抜いて飛び降りる。救命ボートもいっしょに。パラシュートの開傘は手動、海面に着いたら救命ボートは自動膨張する。

救命ボートに乗り込んだら、イーパーブを作動させる。衛星経由で位置が通報され、救助隊が来てくれるはずだ。もう空気の心配はないし、ヘルメットを外して非常食を食べることもできる。宇宙服だから寒さもしのげるだろう。大丈夫、何も問題ない。

その刹那、目のすぐ前——フェイスプレートに現れた光る筋を見て、沙絵は狼狽《ろうばい》した。プレキシグラスにひびが入った？　それは困る。ここで気密が破れたら即死だ。

だが、ひびに見えたものはヘルメットの表面でふわりと動いた。なにか糸のようなものだ。凧に使われたラインよりずっと細い、絹糸のような繊維。

その繊維は何かにたぐられるかのように動いていき、去り際、末端に芥子粒のようなものが見えた。

「え？　おい！」

咄嗟《とっさ》に手で押さえようとしたが、宇宙服の腕を顔の前まで曲げるのは大仕事だった。もたもたしているうちに、それは凧に持ち上げられるようにして虚空に消えた。

しかし見間違えではなかった。

初冬、小春日和の野山から、彼は飛び立ったにちがいない。やがて積乱雲の強烈な上昇気流に巻き込まれ、対流圏の天井まで舞い上がる。その時点で絶命はまぬがれないだろう。そこは氷雪の本拠地だ。

成層圏までは気流に乗って上がれそうな気がする。その先はどうだろうか。いくら軽いとはいえ、抗力しか生まない糸で中間圏を渡れるとは思えないが……。

それから沙絵は、自分の置かれた状況そのものが回答だと気づいた。放電によって凧が破壊されたことと、そこに蜘蛛が現れたことは偶然の一致ではない。蜘蛛は電気的な力によってここまで昇ってきたのだ。

高空の空気は極度に乾燥し、帯電しやすくなる。帯電すれば大きな電磁相互作用を受ける。

そして積乱雲は宇宙に向けて雷撃を放つ。ガンマ線バーストや電波バーストも発生する。具体的な仕組みはわからないが、電磁レールガンや粒子加速器に必要なものはひととおり揃っている。その電磁的な作用が雪迎えの仔蜘蛛をこの高みへと持ち上げたのではないか。

ことによれば、引力圏を脱出することだってあるかもしれない。彗星のイオン・テイルがそうだ。塵からなるダスト・テイルは太陽系内にとどまるが、電荷を持ったイオン粒子は太陽風によってたちまち第三宇宙速度を獲得し、恒星間空間へと旅立つ。

原子に較べればまとまった質量のある仔蜘蛛でも、長い糸によって表面積をかせぎ、大きな電荷を蓄えれば、太陽風を受けてイオン粒子さながらに加速されるかもしれない。

何度も電源を入れ直したが、無線機はどうしても回復しなかった。観測装置のデータ通信機はパイロットランプが点いているが、音声を乗せる方法がなかった。

爪の破壊は全面に波及して、いまやボロボロの羽根箒《はねぼうき》になっている。しかし相当な抗力を生んでいるので、落下速度は上級者ゲレンデのスキー程度だった。

することがなくなると、沙絵は思索に戻った。

最初に太陽系を脱出する地球生物は、もしかすると蜘蛛だろうか。旅は何億年も前に始まっていて、すでに生命の雛形を他の惑星に運び終えているかもしれない。蜘蛛はもちろん死んでいるが、付着した菌類や、高度な機能性を備えた蛋白質はどうだろう。もし真空や宇宙線による破壊をまぬがれたとしたら？

そうやって地球生命が他星系に届くなら、逆もまた真だ。未知の惑星で発生した、蜘蛛のような、なにか軽くてふわふわした生命が太古の地球を訪れ、化学進化の出発点になったとしたら？　いくらなんでも空想的すぎるだろうか。

高度二十キロを切ったとき、沙絵は下方から駆け上がってきた灰色の物体に目を見張った。千歳基地をスクランブル発進したＦ－15戦闘機が二機、ズーム上昇をかけてきたのだった。

かなりの腕利きなのだろう――戦闘機は、ほとんど操縦不能になる高度にもかかわらず、精一杯速度を落とし、ゴンドラのまわりを旋回した。

沙絵はヘルメットを指さし、腕でばってんを作って無線機の故障を伝えた。

それから、できるだけ元気よく手を振って無事を伝えた。

実はそれほど無事じゃない。

積乱雲にダイブして、生きて着水しても大時化《おおしけ》の冬の太平洋を漂流するのだ。すべてうまくいっても船酔いではすまないだろう。

でも、どうしたって生き延びてやる。沙絵は心に誓っていた。この新しい思いつきを実現するまでは――少なくとも誰かに伝えないうちは、死んでも死にきれない。

逃避と言われようが、行けるところまで行くんだ。

高度八十キロに壁なんかなかった。大気はそこで流体の役割を果たせなくなる。しかし薄膜や繊維を駆使すれば、電気的な力をかき集めてさらなる高度に昇る道がきっと見つかるはずだ。小さな蜘蛛がしていることを、人間ができないわけないじゃないか。

その時、ヘルメットの中に、低く震える不思議なコーラスが響いてきた。

無線機が死んでいるのに、どうしたことだろう。

それから沙絵はゴンドラの底に屈み込んで、脱出準備にとりかかった。刻々と強さを増すその響きが、風の音だと気づいたからだった。

未来と宇宙を目指す、理性と論理と実践の作家

ノンフィクション・ライター
松浦晋也

野尻抱介の書く小説には、気負いがない。

登場人物たちが構えない、といってもいいかもしれない。

星雲賞の日本長編部門を受賞した『ふわふわの泉』（二〇〇一年）では、空気よりも軽い新物質「ふわふわ」が社会を変えてしまう様子が描かれる。「ふわふわ」を発明した主人公の泉ちゃんは、「ふわふわが出来れば、こうなる、ああなる」という必然に乗っかって大金持ちになり、ついには宇宙に行って宇宙人（というべきなのか…このあたりは読んでのお楽しみ）と会話することになる。

野尻はこの力の抜けきった小説の冒頭で宣言する。

「泉は努力の二文字が大嫌いだった。それゆえに化学を愛していた。物質どうしが気まぐれに出会い、相性が良ければ手を結び、新たな物質に生まれ変わる。お膳立てをしてやれば勝手に反応が進む。（中略）無為なところがいい。」

それは野尻自身の性格から来る部分もあるかも知れない。彼との交遊の中で、時折「この男の精神にはリリーフバルブが付いている」と感じたことがあった。リリーフバルブとは流体の配管で使う安全弁だ。配管内が一定以上の圧力になると開いて圧力を逃がす機能を持つ。

怒りとか執念とか、血圧が上がるような感情の高まりが起きそうになると、すっと何かのバルブが開いて激情が引いていく——そのように思えた時が何度かあった。

それは感情よりも理性が勝っていると表現できるだろう。そう、野尻は常に理性的であり、その小説もまた理性的である。

しかし、それは野尻が執念や感情を描かないということを意味しないし、彼自身に執念がないということでもない。むしろ、現代日本において、野尻ほど宇宙を舞台にＳＦを書くことに執着している作家はいない。もちろん作中にも、執念を燃やすキャラクターだって登場する。

しかし彼は、間違っても「みんなの力をオラに分けてくれ！」（『ドラゴンボール』における主人公悟空の決めセリフ）的な、血圧が上がるような場面を書かない。その代わりに、彼は、ほろりとさせてくれる。

例えば、彼の代表作である〈ロケットガール〉シリーズの第二作『天使は結果オーライ』には、長年冥王星探査機の実現に執念を燃やしてきた科学者が登場する。しかし彼は、ロケットガールズたちの活躍で、探査機の危機が救われた時、こういうのだ。

「決めたぞ。今日から煙草とドーナツはあきらめよう！」

「ガールズ、頼むから探査機を救ってくれ！」でも「これで探査機は救われたぞ！　バンザイ」でもない。それでも——探査機が冥王星まで到達するのに十二年かかる。この事実を知らされた読者にとって、ごく普通の健康宣言が感動的に響くことになる。

理性的であることは執念を燃やすことと矛盾しない。むしろ目標達成のためにはクールなまでに理性を働かせることが必要になる。そのことを野尻はよく理解している。意味もなく歯を食いしばって「みんなの力をオラに分けてくれ！」というのはバカのやることだ。ぎりぎりまで理性的に検討し、それが必要なことだと判断できたならば、その時点ではじめて「みんなの力をオラに分けてくれ！」という言葉が意味を持つ。

野尻の小説は、いつもそのように書かれている。

野尻抱介は一九六一年生まれ。SFの世界ではなぜか一九六二年前後の生まれに作家が集中しており、「悪魔の一九六二年生まれ」などと言われるが、彼もその一人である。大学卒業後、プログラマーを経てゲームデザイナーとなるが、勤務していた会社が作成していたゲーム「クレギオン」のノベライズとして富士見ファンタジア文庫で発表した『ヴェイスの盲点』（一九九二年）が高く評価されて専業作家となった。

一九九〇年代、富士見ファンタジア文庫は、その名前の通り、ファンタジイを中心にヤングアダルト系の作品を次々に出版していた。その中で、『ヴェイスの盲点』は、黄金時代のハードSFを彷彿とさせる論理性を、ヤングアダルト系の「萌え」要素とうまく融合させてみせた。

ハードSFとは、科学的な正確さと論理性にこだわることでより一層のイメージの飛躍を描こうとするSFのサブジャンルだ。ジャンル定義の常として「この作品がハードSFだ」と言い切ってしまうとこぼれるものが多くなるのだが、ハル・クレメント、アーサー・C・クラーク、ロバート・L・フォワード、ラリイ・ニーヴン、チャールズ・シェフィールド、最近ではスティーヴン・バクスター、ロバート・J・ソウヤーといった作家の諸作品を思い浮かべてもらえれば、だいたいのイメージはつかめるだろう。

その後、野尻は、ハードSF的描写と「萌え」要素をたくみに組み合わせた作品を次々に発表していく。一連の〈クレギオン〉シリーズ（現在はハヤカワ文庫JA）、女子高生が宇宙飛行士として活躍する〈ロケットガール〉シリーズ（富士見ファンタジア文庫）、そして『ふわふわの泉』（ファミ通文庫）に、『宇宙船ビーグル号』を思わせる博物学SF『ピニェルの振り子』（二〇〇〇年／ソノラマ文庫）。

長篇の文庫書き下ろしで作品を発表してきた野尻は、本書に収録された「沈黙のフライバイ」（オンラインマガジンの〈SFオンライン〉一九九八年十一月号）から、より大人向けの切れの良い短篇を、主に〈SFマガジン〉誌に発表するようになった。このあたりから、彼はハードSF指向を一層鮮明にしていく。

そして、二〇〇七年の現時点における彼の代表作『太陽の簒奪者《さんだつしゃ》』（二〇〇二年／ハヤカワ文庫JA）が生まれた。「太陽の簒奪者」（SFマガジン一九九九年九月臨時増刊号「星ぼしのフロンティアへ」）、「蒼白の黒体輻射」（同二〇〇〇年二月号）、「喪われた思索」（同二〇〇〇年九月号）という三つの連作短篇を大幅に改稿して長篇に仕立て直した同書は、『SFが読みたい！　2003年版』で、国内篇のベスト1に選ばれ、さらに二〇〇三年度の星雲賞も受賞した。

二〇〇六年、水星の表面から宇宙空間に物質が吹き上がっているのが観測される。吹き上げられた物質はやがて太陽を巡る帯となり、日照を遮って地球の気象に大きな影響を与えるようになる。それは太陽系を目指して艦隊を組んで飛来してくる異星人が、先行して太陽系に送ったナノマシンの仕業だった――緻密に仕組まれたSF的道具立てに、異星人の目的や思考形態といった謎、さらには主人公である白石亜紀の女一代記（冒頭で女子高生だった彼女は、物語の終盤では五十歳を越えて登場する）まで加わって分厚い多層的な物語が展開する。

オールタイムで考えても上位に来るであろう、日本SFの一つの到達点を示す作品である。

日本のハードSFは、草創期から書き手の不足と周囲の無理解に悩まされてきた。長い間書き手といえば、石原藤夫、そして堀晃のみという状況が続き、一九八〇年代に入ってわずかに谷甲州が戦列に参加したという状況だった。

それが一九九〇年代末になって一気に三人の作家がこの分野に参入した。野尻、林譲治、そして小林泰三だ。頭文字をとってNHKトリオなどと呼ばれる彼らは、野尻がヤングアダルト、林が架空戦記、小林がホラーという、それぞれSFとの境界ジャンルでデビューしている。一九八〇年代後半からの「SF冬の時代」に、なんとかしてSFを書こうとした結果だろう。

野尻と林は、石原が主宰するファン団体「ハードSF研究所」に参加した経歴がある。一気に三人がデビューし、それぞれに市場で迎え入れられた背景には、石原のねばり強いファン活動による啓蒙があったと言えるだろう。

NHKトリオといっても、共通点は論理性の重視ぐらいであり、実際には三人三様だ。林は饒舌な文体と組織論への興味が表に立ち、小林は他人を嘲笑するような悪趣味と一切の倫理をそぎ落とした端的なまでの論理性を身上とする。

野尻はといえば、ヤングアダルト由来の「萌え」と、そしてなによりも強烈な宇宙への憧れを挙げねばならない。彼の作品は、どれを取っても宇宙へのまなざしが秘められている。

本書はそんな野尻の初短篇集だ。書き下ろしの一篇を除く四作品は、現実の宇宙開発や未来構想と密接に関連している。

・「沈黙のフライバイ」SFオンライン一九九八年十一月号

この作品は、宇宙航空研究開発機構（JAXA）の野田篤司氏（SFファンには「野田司令」といったほうが通りがいいかも知れない）が発表した恒星探査構想「鮭の卵計画」

（詳細はhttp://homepage3.nifty.com/anoda/oldpage/space/mlab02/mlab02.htmで公開されている）にヒントを得て執筆された。作中の野島は野田司令をモデルにしており、その他の登場人物も多かれ少なかれ実在の人物と関係している。

野田司令は本作品を高く評価しつつも「自分の構想は人間が行くものだけれど、野尻さんは向こうから来る形にしちゃった。やはり受け身じゃなくて自分で行かなくちゃね」とコメントした。しかし……

・「轍《わだち》の先にあるもの」ＳＦマガジン二〇〇一年五月号

二〇〇一年二月十二日、アメリカの小惑星探査機「ＮＥＡＲ」が、小惑星エロスへの着陸に成功した。ＮＥＡＲは本来、小惑星に着陸するようには作られてはおらず、着陸は周回軌道からのすべての科学観測が終了してからの、〝カミカゼ〟ミッションだった。エロスに近づいていくＮＥＡＲが送ってくる画像は次々とネットで公開された。

この時、野尻はネット上でＮＥＡＲからの画像を待ちつつ、惑星科学の専門家との議論を楽しんだ。本作はその時の経験に基づいている。作中に登場するＭＥＦという組織は実在する（http://www.as-exploration.com/）。また、登場人物のほとんどにはモデルが存在する。

現実の世界ではＭＵＳＥＳ‐Ｃこと「はやぶさ」が、小惑星イトカワに赴き、事前の想像を遥かに超えた大冒険を繰り広げたが、作中では軌道エレベーターの実用化によって、六十歳を過ぎた野尻本人がエロスに赴くことになる。〝SF私小説〟とでも形容すべき味わいを持つ作品だ。

なお、NEAR探査機は運用終了後、計画の中心人物で、一九九七年に交通事故により不慮の死を遂げたユージン・シューメーカー博士を記念して「NEARシューメーカー」と改名された。

・「片道切符」SFマガジン二〇〇二年二月号

アメリカの惑星科学者ロバート・ズブリンが提唱した有人火星探査構想「マーズ・ダイレクト」に刺激されて出来上がった作品。作中でも説明されるが、マーズ・ダイレクトは火星大気からロケットの推進剤を製造し、地球から推進剤を火星に持ち込む手間を減らそうというものだった。帰還用の推進剤を現地調達できると有人火星探査計画の規模は劇的に縮小する。

執筆当時、野尻はしきりと「なんで帰ってこなくちゃいけないんですかねえ。せっかく誰も見たことがない、面白いところに行くっていうのに。マーズ・ワンウェイでいいんじゃないかと思う」と話していた。まさにその疑問を結晶化させた作品だ。

同時に本作には、二〇〇一年九月十一日の世界同時多発テロが影を落としている。しかしながら、彼はあくまで人類の未来に対して楽観的だ。ラストの「いけいけやっちまえ！」というセリフに全てが集約されている。

・「ゆりかごから墓場まで」書き下ろし

「なにかとてつもないテクノロジーが実現されたとして、社会は、人類は、どう変わるか」という思考実験を徹底した作品。テーマ的には『ふわふわの泉』と同じ系列に属する。タイのエビ養殖池のほとりで一人の男が見た夢は、やがてはるか火星の大地における生命の発見につながっていく。

野尻の思考には「人間が特別の生き物である」という感覚が希薄だ。人間は世界の中で特別な地位を占めているわけでもなんでもなく、適応と放散の果てにたまさかここにいる。その意味ではシアノバクテリアも、人間も大した違いはない。

だからといって、彼は人間がくだらない存在だと考えているわけではない。作中の「悪くない勝負だ」という言葉は、もちろん人類へのエールなのである。

・「大風呂敷と蜘蛛の糸」SFマガジン二〇〇六年四月号

野田司令に「受け身じゃねえ」と言われた野尻だが、もちろん受け身一方というわけではなかった。この作品では、主人公の沙絵がアグレッシブに行動し、宇宙を目指す。

この作品は、二〇〇〇年頃から盛り上がってきた大学レベルでの宇宙開発に触発された部分が多々ある。中喜多教授のモデルは、東京大学の中須賀真一教授。東京工業大学の松永三郎教授と共に、学生の手による重量一kgの人工衛星「Cubesat」の打ち上げと運用を実現した、宇宙教育のパイオニアだ。

危地に陥った沙絵が見る驚愕の〝蜘蛛の糸〟には、野山の散策を愛する野尻のナチュラリストとしての側面が現れていると言えるだろう。

野尻作品の登場人物も、気張らず、しかし希望を捨てず、あくまで理性的に行動する。そしてどの作品でも行動が多かれ少なかれ「手を動かしてなにかを作る」ことにつながっている。

理想は高く、第一歩は手を動かして――これは野尻自身の資質でもある。野尻を一言で形容するなら、私は「理性と論理と実践の人」とする。

その視線は、いつも宇宙と未来とを向いている。

最後に、文体について触れておこう。野尻の文章は最小の形容で最大のイメージを読者に与える。あまりに達者なので気が付きにくいのだけれども、極めて喚起力の強い文体だ。

「実機用のフィルムは食品ラップより桁外れに薄い、非日常的な物質だった。重量は一平方メートルあたり〇・八グラム。つまんでみると厚みも温度変化もまったく感じられず、指紋の隙間にしみこんだようだった。微細なエンボス加工で半透明に見えるのが救いで、さもなければすぐ見失いそうな代物だった。」（「大風呂敷と蜘蛛の糸」より）

たったこれだけの記述で、読者はいまだ現実には存在しない超薄膜フィルムを、手に持った気分になるだろう。このような記述ができる作家が他にいるだろうか。

クレギオン／野尻抱介

ヴェイスの盲点
ロイド、マージ、メイ——宇宙の運び屋ミリガン運送の活躍を描く、ハードSF活劇開幕

フェイダーリンクの鯨
太陽化計画が進行するガス惑星。ロイドらはそのリング上で定住者のコロニーに遭遇する

アンクスの海賊
無数の彗星が飛び交うアンクス星系を訪れたミリガン運送の三人に、宇宙海賊の罠が迫る

サリバン家のお引越し
メイの現場責任者としての初仕事は、とある三人家族のコロニーへの引越しだったが……

タリファの子守歌
ミリガン運送が向かった辺境の惑星タリファには、マージの追憶を揺らす人物がいた……

ハヤカワ文庫

日本ＳＦ大賞受賞作

上弦の月を喰べる獅子 上下
夢枕 獏

ベストセラー作家が仏教の宇宙観をもとに進化と宇宙の謎を解き明かした空前絶後の物語。

傀《く》儡《ぐつ》后《こう》
牧野 修

ドラッグや奇病がもたらす意識と世界の変容を醜悪かつ美麗に描いたゴシックＳＦ大作。

マルドゥック・スクランブル〔完全版〕（全3巻）
冲方 丁

自らの存在証明を賭けて、少女バロットとネズミ型万能兵器ウフコックの闘いが始まる！

象《かたど》られた力
飛 浩隆

Ｔ・チャンの論理とＧ・イーガンの衝撃――表題作ほか完全改稿の初期作を収めた傑作集

ハーモニー
伊藤計劃

急逝した『虐殺器官』の著者によるユートピアの臨界点を活写した最後のオリジナル作品

ハヤカワ文庫

神林長平作品

敵は海賊・海賊版

海賊課刑事ラテルとアプロが伝説の宇宙海賊匋冥に挑む！　傑作スペースオペラ第一作。

敵は海賊・猫たちの饗宴

海賊課をクビになったラテルらは、再就職先で仮想現実を現実化する装置に巻き込まれる

敵は海賊・海賊たちの憂鬱

ある政治家の護衛を担当したラテルらであったが、その背後には人知を超えた存在が……

敵は海賊・不敵な休暇

チーフ代理にされたラテルらをしりめに、人間の意識をあやつる特殊捜査官が匋冥に迫る

敵は海賊・海賊課の一日

アプロの六六六回目の誕生日に、不可思議な出来事が次々と……彼は時間を操作できる!?

ハヤカワ文庫

神林長平作品

敵は海賊・A級の敵

宇宙キャラバン消滅事件を追うラテルチームの前に、野生化したコンピュータが現われる

敵は海賊・正義の眼

純粋観念としての正義により海賊を抹殺する男が、海賊課の存在意義を揺るがせていく。

敵は海賊・短篇版

海賊版でない本家「敵は海賊」から、雪風との競演「被書空間」まで、4篇収録の短篇集。

永久帰還装置

火星で目覚めた永久追跡刑事は、世界の破壊と創造をくり返す犯罪者を追っていたが……

ライトジーンの遺産

巨大人工臓器メーカーが残した人造人間、菊月虹が臓器犯罪に挑む、ハードボイルドSF

ハヤカワ文庫

小川一水作品

第六大陸1

二〇二五年、御鳥羽総建が受注したのは、工期十年、予算千五百億での月基地建設だった

第六大陸2

国際条約の障壁、衛星軌道上の大事故により危機に瀕した計画の命運は……。二部作完結

復活の地 I

惑星帝国レンカを襲った巨大災害。絶望の中帝都復興を目指す青年官僚と王女だったが…

復活の地 II

復興院総裁セイオと摂政スミルの前に、植民地の叛乱と列強諸国の干渉がたちふさがる。

復活の地 III

迫りくる二次災害と国家転覆の大難に、セイオとスミルが下した決断とは？　全三巻完結

次世代型作家のリアル・フィクション

老ヴォールの惑星
小川一水
SFマガジン読者賞受賞の表題作、星雲賞受賞の「漂った男」など、全四篇収録の作品集

スラムオンライン
桜坂洋
最強の格闘家になるか？　現実世界の彼女を選ぶか？　ポリゴンとテクスチャの青春小説

ブルースカイ
桜庭一樹
あたしは死んだ。この眩しい青空の下で――少女という概念をめぐる三つの箱庭の物語。

サマー／タイム／トラベラー1
新城カズマ
あの夏、彼女は未来を待っていた――時間改変も並行宇宙もない、ありきたりの青春小説

サマー／タイム／トラベラー2
新城カズマ
夏の終わり、未来は彼女を見つけた――宇宙戦争も銀河帝国もない、完璧な空想科学小説

クラッシャージョウ・シリーズ／高千穂遙

連帯惑星ピザンの危機

連帯惑星で起こった反乱に隠された真相をあばくためにジョウのチームが立ち上がった！

撃滅！　宇宙海賊の罠

稀少動物の護送という依頼に、ジョウたちは海賊の襲撃を想定した陽動作戦を展開する。

銀河系最後の秘宝

巨万の富を築いた銀河系最大の富豪の秘密をめぐって「最後の秘宝」の争奪がはじまる！

暗黒邪神教の洞窟

ある少年の捜索を依頼されたジョウは、謎の組織、暗黒邪神教の本部に単身乗り込むが。

銀河帝国への野望

銀河連合首脳会議に出席する連合主席の護衛を依頼されたジョウにあらぬ犯罪の嫌疑が⁉

クラッシャージョウ・シリーズ／高千穂遙

人面魔獣の挑戦

暗殺結社からの警護を依頼してきた要人が殺害された。契約不履行の汚名に、ジョウは？

美しき魔王

暗黒邪神教事件以来消息を絶っていたクリスが病床のジョウに挑戦状を叩きつけてきた！

悪霊都市ククル 上下

ある宗教組織から盗まれた秘宝を追って、ジョウたちはリッキーの生まれ故郷の惑星へ！

ワームウッドの幻獣

ジョウに飽くなき対抗心を燃やす、クラッシャーダーナが率いる〝地獄の三姉妹〟登場！

ダイロンの聖少女

圧政に抵抗する都市を守護する聖少女の護衛についたジョウたちに、皇帝の刺客が迫る！

著者略歴　1961年三重県生，作家　著書『太陽の簒奪者』『ヴェイスの盲点』『ふわふわの泉』『南極点のピアピア動画』（以上早川書房刊）『ピニェルの振り子』他多数

HM=Hayakawa Mystery
SF=Science Fiction
JA=Japanese Author
NV=Novel
NF=Nonfiction
FT=Fantasy

沈黙《ちんもく》のフライバイ

〈JA879〉

二〇〇七年二月二十八日　発行
二〇一二年十二月十五日　六刷
（定価はカバーに表示してあります）

著者　野《の》尻《じり》抱《ほう》介《すけ》
発行者　早川浩
印刷者　矢部真太郎
発行所　株式会社　早川書房

郵便番号　一〇一 - 〇〇四六
東京都千代田区神田多町二ノ二
電話　〇三 - 三二五二 - 三一一一（大代表）
振替　〇〇一六〇 - 三 - 四七七九九
http://www.hayakawa-online.co.jp

乱丁・落丁本は小社制作部宛お送り下さい。
送料小社負担にてお取りかえいたします。

印刷・三松堂株式会社　製本・株式会社川島製本所

ISBN978-4-15-030879-7 C0193

本書は活字が大きく読みやすい〈トールサイズ〉です。